전우치전

힘이 있으면 영웅인가?

물음표로
따라가는
인문고전

16

전우치전

힘이
있으면
영웅인가?

글 박진형 | 그림 정은희

지학사아르볼

들어가는 글

진정한 영웅이 되기 위해
필요한 건 무엇일까?

작은 일이더라도 허술하지 않으며, 남이 안 보는 데에서라도 속이거나 숨기지 않으며, 실패했다 하더라도 나태하거나 거칠어지지 않는 사람이라면 진정한 영웅이라 할 수 있다.

– 《채근담》

제가 어릴 땐 '위인전 읽기'가 유행했습니다. 많은 집에 수십 권짜리 위인전 세트가 있었지요. 위인전을 읽고 독후감을 써 오는 것도 단골 방학 숙제였습니다. 아이들은 아인슈타인이나 퀴리 부인, 나폴레옹과 이순신, 신사임당과 헬렌 켈러 등을 읽었습니다.

저 역시 숙제를 위해 위인전을 열심히 읽었답니다. 책을 통해 배운 것도 많지만, 솔직히 재미있진 않았습니다. 위인전엔 극적인 사건이나 얽히고설킨 갈등, 상상을 넘나드는 기발함 같은 게 없었기 때문이지요. 게다가 훌륭한 업적을 이룬 사람을 보면서, 나는 그렇게 할 수 있을지 괜한 걱정도 들었고요. 위인의 삶은 내 현실과 동떨어진 느낌이 들었답니다. (오해하지 마세요! 위인전이 나쁘다는 이야기가 아닙니다.)

반면에 소설은 달랐습니다. 허구이지만 도리어 현실감이 느껴졌지요. 작품 속 여러 사건과 등장인물 간의 갈등도 재미있었고요. 시대 배경을 알아 가는 것도 좋았답니다. 그래서인지 책에서 손을 뗄 수 없던 기억들이 많습니다.

특히나 고전 영웅 소설은 흥미로웠습니다. 물론 여기엔 기이하고 신기한 일을 내용으로 하는 전기성(傳奇性)이 많지요. 하지만 그 허무맹랑함 뒤에는 사회에 대한 예리한 비판 의식이 담겨 있었습니다. 주인공의 활약 속에는 세상을 바꾸고자 하는 사람들의 마음도 담겨 있었지요. 언젠가 영웅이 출현해 수탈(강제로 빼앗음)을 저지르는 탐관오리를 혼내 주고, 가난한 자신들을 돕길 바라는 염원 말이에요. 이런 점을 생각하니 옛사람들이 왜 그렇게 영웅 소설을 좋아했는지 알 것 같더군요.

《전우치전》의 주인공은 실존 인물입니다. 물론 《전우치전》 속의 전우치는 작가의 상상력으로 재탄생된 인물이지요. 작품 속에서 전우치는 재주를 숨기고 조용히 살다 백성들의 비참한 삶을 목격하고 자신의 태도를 바꿉니다. 신선으로 변신한 그는 임금에게 황금 들보를 바치도록 한 뒤, 이를 팔아 곡식을 마련해 가난한 백성들에게 나눠 주지요. 또한 자신을 잡으려는 관원을 농락하고 전국을 돌아다니며 억울하고 가난한 사람을 돕습니다. 홍길동, 임꺽정과 같은 의적(義賊) 이미지는 전우치를 더욱 유명하게 만들었지요.

하지만 작품을 읽으면서 계속 의문이 들었습니다.
'아, 주인공의 이런 점은 좀 아쉬운걸?'
'왜 그렇게 행동했을까? 더 나은 방법이 있지 않았을까?'
이른바 '비판적 읽기'이지요. 단순한 내용 이해를 넘어, 주인공의 행동이나 작가의 주제 의식 등을 분석하고 평가하는 한 차원 높은 독서 활동입니다. 어려울 것 같지만 사실 재미있고, 무척이나 의미 있는 읽기법이지요. 이번에 여러분에게 권하고 싶은 것이고요.

전우치는 진정한 영웅일까요? 진정한 영웅이 되기 위해 필요한 건 무엇일까요?
여러분도 이 작품을 읽으며 생각해 보았으면 합니다. 그리고 주인공의 활약을 보면서 쾌감을 느끼는 동시에 문제의식도 가졌으면

합니다. 위인이 아닌, 소설 속 인물로부터도 우리는 얼마든지 배울 수 있답니다. 《전우치전》이 아마도 좋은 경험이 될 것 같네요.

● **박진형**

Part 1 | 고전 소설 속으로

　고전을 아름다운 그림과 함께 담아냈습니다. 원전에 충실하면서도 어려운 단어를 최대한 줄이고 쉽게 풀이하여, 재미난 이야기를 마주하듯 술술 읽을 수 있도록 했습니다.

Part 2 │ 물음표로 따라가는 인문학 교실

 고전은 오늘의 우리를 비추는 거울이며, '인문학'을 담고 있는 그릇입니다. 이 책은 고전의 재미를 더하고, 우리 고전을 인문학적인 관점에서 바라볼 수 있도록 구성되었습니다.

● 고전으로 인문학 하기

 고전 소설을 읽고 나면 머릿속에는 여러 질문들이 떠올라요. 물음표에 대한 답을 따라가 보세요. 배경지식이 쑥쑥 늘어날 거예요.

● 고전으로 토론하기

 고전의 내용에 기반한 가상 대화가 이어집니다. '고전으로 토론하기'를 통해 다르게 생각하는 힘을 길러 보세요.

● 고전과 함께 읽기

 함께 읽으면 더욱 좋은 문학, 영화, 드라마 등을 소개합니다. 비슷한 주제가 다른 작품에서는 어떻게 표현되었는지 살펴보고 생각의 폭을 넓히세요.

Part 1 | 고전 소설 속으로

Part 2 | 물음표로 따라가는 인문학 교실

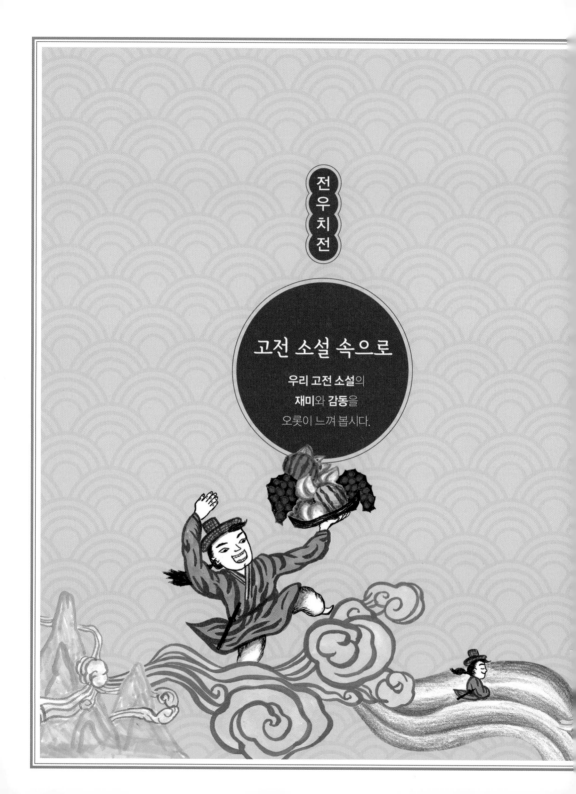

전우치전

고전 소설 속으로

우리 고전 소설의
재미와 감동을
오롯이 느껴 봅시다.

●

이제부터는 천문 지리를 통달해

일흔두 가지 변화를 부릴 수 있을 것이다.

하나 재주를 과신하지 말거라.

●

소녀의

구슬을 삼키다

고려 말, 송도*에 전숙이라는 선비가 살았다. 그의 집안은 조상 대대로 높은 벼슬에 오른 명문가였다.

하지만 전숙은 벼슬에 욕심이 없었다. 그렇기에 주로 글을 읽거나 친구들과 어울리며 자연 속에서 지내는 걸 즐겼다. 사람들은 그를 산중처사*라고 불렀다.

전숙의 부인 최씨 역시 양반 가문의 여인이었다. 그녀는 성품이 곱고 지혜로웠으며 덕망이 높았다. 하지만 이들 부부에게 큰 근심

---

* **송도** 고려의 수도. 개성의 옛 이름.
* **산중처사(山中處士)** 벼슬하지 않고 산속에 묻혀 사는 선비.

이 있었으니, 혼인한 지 십 년 동안 자식이 없는 것이었다.

그러던 어느 날, 부인이 깜박 잠들었는데 구름이 뭉게뭉게 일더니 그 속에서 푸른 옷을 입은 아이가 걸어 나왔다. 아이는 부인에게 공손히 인사하고 연꽃 한 송이를 건네며 말했다.

"저는 원래 영주산*에 살던 아이였습니다. 하지만 죄를 지어 인간 세상으로 내려오게 되었습니다. 이렇게 부인을 찾아왔으니 부디 불쌍히 여기시어 받아 주시옵소서."

아이의 말을 들은 부인은 너무나 반가워 이것저것 묻고자 했다. 하지만 그 순간 잠에서 깨고 말았다.

부인은 그 후로도 황홀한 기분이 떠나지 않았다. 예사롭지 않다고 생각했기에 남편에게 꿈 이야기를 들려주었다. 그러자 전숙이 크게 기뻐하며 말했다.

"지금까지 우리에게 자식 하나 없는 것이 슬펐다오. 이제야 하늘이 귀한 자식을 점지해 주시려나 보오."

전숙의 말대로 그날부터 최씨에게 태기가 있었다. 부부는 몹시 기뻐하며 배 속 아이를 정성껏 보살폈다.

열 달이 지난 어느 날, 여러 빛깔의 구름이 집을 둘러싸며 은은한 향기를 내뿜었다. 전숙은 좋은 징조라고 생각해 집을 깨끗이 청

* **영주산** 신선들이 살고 있다고 알려진 전설 속의 산.

소하고 아이를 기다렸다.

한편 진통에 시달리던 부인은 어렴풋이 지난번 꿈속의 그 아이를 보았다. 몹시 반가웠지만 힘을 쓰느라 다시 정신이 아득해졌다.

잠시 후 아기의 울음소리가 들렸다. 밖에서 기다리던 전숙은 얼른 방으로 들어가 아기를 살펴보았다. 용모가 빼어나고 튼튼한 사내아이였다. 전숙은 크게 기뻐하며 말했다.

"부인, 부인이 꿈에서 보았던 그 아이가 분명한가 보구려! 앞으로 이 아이의 이름을 우치(禹治)라 하겠소."

자식을 얻은 기쁨은 말할 수 없을 정도로 컸다. 부부는 금이야 옥이야 우치를 소중히 보살폈다.

어느덧 우치는 일곱 살이 되었다. 아이의 외모는 준수했고, 하나를 들으면 열을 알 정도로 총명했다. 가족의 행복도 나날이 더해 갔다.

그러나 즐거움이 다하면 슬픔이 찾아오는 법일까? 우치가 열 살이 되던 해에 전숙은 깊은 병에 걸렸다. 부인이 좋다는 약을 구해 모두 써 봤지만, 남편의 병은 좀처럼 나을 기미를 보이지 않았다. 그러던 어느 날, 전숙이 아내를 불렀다.

"아무래도 이 몸이 먼저 저세상으로 갈 것 같소. 내가 죽더라도 우치를 정성껏 보살펴 주시오."

죽음을 예감한 듯한 남편의 말에 부인은 슬픔이 북받쳐 올랐다.

그리고 얼마 지나지 않아 전숙은 세상을 떴다. 부인은 가슴을 치며 통곡했다. 어린 우치도 아버지와의 추억을 떠올리며 눈물을 흘렸다.

전숙의 친구 중에 윤공이란 사람이 있었다. 학문이 뛰어났기에, 우치는 그를 스승으로 모시고 글을 배우기로 했다. 매일 아침마다 우치는 책을 들고 윤공의 집으로 갔다.

어느 날 우치가 글을 배우러 대나무 숲을 지날 때였다. 한 소녀가 길옆에 쪼그리고 앉아 슬프게 울고 있었다. 그 모습을 본 우치는 안타까운 마음에 물어보았다.

"아니, 낭자는 어디에서 왔소? 그리고 무슨 일이기에 아침부터 울고 있는 것이오?"

그러자 소녀는 눈물을 닦으며 부끄러운 듯 대답했다.

"저는 산 아래에 살고 있는데, 서러운 일이 있어서 그렇습니다."

소녀는 이렇게만 얘기한 뒤, 더 이상 말하려 하지 않았다. 우치가 좀 더 자세히 듣고 싶어서 계속 묻자 소녀는 마지못해 입을 열었다.

"저는 맹 어사의 딸입니다. 다섯 살에 어머니를 여의고 계모 밑에서 자랐지요. 그런데 계모는 아무 이유도 없이 저를 모함하고 헐뜯었습니다. 아버지는 계모의 말에 속아 저를 혼내셨지요. 너무나 서러워 스스로 목숨을 끊고자 했답니다. 하나 목숨이 중한지라 차마 그러지 못하고 울고만 있었습니다."

사연을 듣자 소녀가 더욱 불쌍하게 보였다. 우치는 소녀의 손을 잡으며 위로했다.

"죽고 사는 것은 운명에 달려 있소. 낭자는 부디 나쁜 생각을 버리고 몸을 소중히 하시오."

"말씀만이라도 감사합니다."

소녀는 고개를 끄덕였다. 둘은 마음을 열고 이런저런 이야기를 하며 즐거운 시간을 보냈다. 이윽고 떠날 때가 되자 서로 아쉬워하며 다시 만날 것을 약속하고 헤어졌다.

다음 날 아침, 우치는 대나무 숲으로 뛰어갔다. 저편에 있던 소녀가 우치를 불렀다.

"저는 아까부터 공자를 기다렸답니다."

우치는 기뻐하며 소녀의 손을 잡았다.

"내 금방 서당에 다녀올 테니 잠시만 이곳에서 기다리시오."

우치는 아쉬운 마음을 뒤로하고 가던 길을 재촉했다. 서당에 도착하자 윤공이 물었다.

"우치야, 내게 할 말이 없느냐?"

"네?"

우치는 깜짝 놀란 표정으로 되물었다. 그러자 윤공은 근엄한 표정으로 말했다.

"네가 이곳에 오는 도중에 여자와 어울린 것을 내 알고 있다.

그런 마음가짐으로 글을 배우면 천지조화*를 깨우치지 못할 것이다. 이제 돌아가서 그 여자를 다시 보아라. 그 여자의 입안에 구슬이 있을 것이니 그 구슬을 빼앗아 오너라."

우치는 스승의 명을 받고 소녀가 있는 곳으로 돌아갔다. 그러고는 대나무 옆에 앉아 소녀와 이런저런 이야기를 나누었다. 자세히 살펴보니 과연 소녀의 입에는 구슬이 있었다. 우치가 소녀에게 물었다.

"그런데 낭자의 입안에 든 구슬은 무엇이오? 자세히 구경하고 싶으니 한번 꺼내 봐 주시오."

"안 되옵니다. 이건 함부로 보여 드릴 수 없는 것입니다."

소녀는 선뜻 보여 주려 하지 않았다. 그러자 우치가 정색하며 말했다.

"우리는 아직 혼인하지 않은 사이요. 하지만 앞으로 한 쌍의 원앙처럼 백년해로하고자 생각하는데, 낭자는 어찌 나의 뜻을 거절하는 것이오?"

"아닙니다. 그런 건 아니고……."

우치의 말에 소녀는 마음이 약해졌다.

"그럼 잠깐만 보여 드릴 테니, 얼른 보시고 다시 돌려주세요."

---

* **천지조화** 하늘과 땅이 일으키는 여러 가지 신비스러운 조화.

소녀는 결국 입안에서 구슬을 꺼내 주었다. 하지만 우치는 그것을 받아 자신의 입에 쏙 넣고는 돌려주지 않았다. 소녀는 계속 돌려 달라고 보채다가 소용이 없자, 우치의 입을 벌려 억지로 꺼내려고 했다. 그 순간 우치는 구슬을 꿀꺽 삼켜 버렸다. 깜짝 놀란 소녀는 엉엉 울며 마을로 내려가 버렸다.

우치는 윤공에게 돌아와 자초지종을 말씀드렸다. 그러자 윤공은 우치에게 당부했다.

　　"너는 지금 호정*을 삼킨 것이다. 이제부터는 천문 지리를 통달해 일흔두 가지 변화를 부릴 수 있을 것이다. 하나 재주를 과신하지 말거라. 또한 앞으로는 더욱 조심하도록 하여라."

　　"명심하겠습니다."

　　우치는 스승에게 머리를 조아렸다.

＊ **호정(狐精)** 여우의 넋.

•

우치는 세금사로 돌아와 여우를 앞에 앉혀 놓고

천서 한 권을 배웠다.

하룻밤 사이에 내용을 깨달아 귀신도 따라오지 못할 술법을 익혔다.

•

천서를 얻어

도술을 익히다

시간이 흘러 우치는 열다섯 살이 되었다. 자연 경치를 좋아했기에 시간 날 때마다 이름난 산과 강을 찾아다녔다.

그러던 어느 날 세금사라는 절에 가 보았다. 그런데 이곳엔 거미줄만 가득하고 스님이라고는 한 명도 보이지 않았다.

'이상하네. 이렇게나 큰 절에 아무도 있지 않다니……. 오늘 밤엔 다른 곳에 머물러야겠군.'

우치는 고개를 갸우뚱하며 산을 내려오다가 성림사라는 또 다른 절에 이르렀다. 그러나 이곳에도 남아 있는 사람이라고는 노승 네다섯 명뿐이었다. 우치가 세금사에 대한 사연을 물으니, 그중 한 사람이 입을 열었다.

"아니, 세금사에 갔단 말이오? 그곳에는 본래 천 명이나 되는 스님이 있었다오. 하지만 최근 몇 년 동안 큰 재앙이 닥쳐 지금은 텅 비었다오. 이 절에도 몇 명 남지 않았소."

"무슨 재앙입니까?"

"요괴 때문이라오."

우치는 사연을 좀 더 자세히 듣고자 했지만 노승은 말하길 꺼려 했다. 우치는 집에 돌아와 어머니께 절에서 있었던 일을 말씀드렸다. 그러자 어머니는 우치를 타일렀다.

"매사에 함부로 나서지 말고 신중히 행동하여라."

"알겠습니다."

우치는 어머니 말씀에 따라 당분간 학문에만 힘쓰기로 했다. 하지만 치솟는 호기심을 참을 순 없었다. 한 달 뒤, 우치는 과거 시험을 준비하기 위해 세금사에 가서 공부하겠다고 말씀드렸다. 그러자 어머니가 걱정스러워하며 말했다.

"그 절에는 요괴가 나타나 사람을 해친다고 하지 않았느냐? 그런데 왜 굳이 그곳에서 공부하려고 하느냐?"

"어머니께서 염려하시는 바는 잘 알고 있습니다. 하지만 사불범정*이라는 말도 있듯이, 어찌 요물 따위에 해를 당하겠습니까? 염

* **사불범정(邪不犯正)** 올바르지 못한 것은 올바른 것을 이기지 못한다는 뜻.

려 마십시오."

우치는 어머니를 안심시킨 후 바로 짐을 꾸려 세금사로 떠났다. 산길을 올라가는데 지팡이를 짚고 베옷을 입은 한 노인이 길가에 서 있는 것을 보았다. 우치는 노인에게 다가가 예를 갖춰 인사드렸다. 그러자 노인이 물었다.

"그대는 어떤 사람이기에 이 험한 곳에 왔느냐?"

"예, 과거 시험을 준비하러 왔습니다."

그러자 노인은 소매에서 부용승이란 밧줄과 부적을 한 장 꺼내주었다.

"이걸 주려고 기다렸네. 훗날 쓸데가 있을 테니 받아 두게나."

우치가 물건들을 받자 노인은 금세 사라져 버렸다. 우치는 공중을 향해 고마움을 나타내고는 세금사로 향했다.

절에 도착했지만 아무도 없었다. 우치는 방을 치우고 지낼 곳을 마련했다. 날이 어두워지자 촛불을 밝히고 글을 읽었다.

다음 날 밤이었다. 갑자기 한 여인이 문을 열고 들어와 우치 곁에 앉았다. 우치는 고개를 들어 여인을 보았다. 얼굴은 아침 이슬을 듬뿍 머금은 모란처럼 고왔고, 몸매는 봄바람에 흩날리는 수양버들처럼 부드러웠다.

우치는 마음이 두근거렸다. 하지만 여인이 한밤중에 홀로 나타난 것을 의아해하며 물었다.

"낭자는 어디 살기에 한밤중에 이곳에 온 것이오?"

"저는 본래 양반집 자식입니다. 아버님께서 장양의 태수가 되어 따라가던 중 몹쓸 도적을 만나 가족을 모두 잃었지요. 저만 홀로 도망쳐서 겨우 목숨만 건졌답니다."

여인은 눈물을 글썽이며 말했다.

"낮에는 산속에서 숨어 지내고, 밤마다 고향으로 걸어갔습니다. 그러던 중 멀리서 불빛이 보여 달려온 것입니다. 가까이 와서야 남자의 글 읽는 소리를 들었지만, 그동안의 삶이 너무나 힘들어 이렇게 무작정 들어왔습니다. 제 목숨을 구해 주신다면 은혜를 반드시 갚겠습니다."

딱한 사연이지만 우치는 여전히 의심스러웠다.

"사람에게는 목숨이 가장 귀한 것이오. 아무튼 낭자가 도적을 피해 이곳에 온 것은 다행이오. 한데 낭자의 고향은 어디이고, 나이는 얼마나 되오?"

"집은 경성 남문 밖이고, 나이는 열일곱입니다."

"그렇다면 나와 동갑이구려. 그런데 경성이라면 여기에서 삼백 리가 넘는데 어찌 여자 혼자 갈 수 있겠소? 염려스럽구려."

그러자 여인은 탄식하며 우치에게 사정했다.

"그러니 공께서는 저를 불쌍히 여기시고 하룻밤만 머물게 해 주십시오."

여인의 청을 들은 우치는 여전히 그 말을 믿을 수 없었다. 잠시 생각한 뒤 우치는 다시 입을 열었다.

"소생은 집이 가난해서 지금까지 아내를 얻지 못했소. 그런데 오늘 밤 낭자를 만난 건 인연이 아닌가 하구려. 원컨대 나와 혼인해 백년해로하면 어떻겠소?"

그러자 여인은 고개를 끄덕였다.

"저는 지금까지 죽음 앞에 놓여 있었습니다. 그런데 상공의 말씀을 들으니 너무나 감격스럽습니다. 어찌 따르지 않겠습니까?"

우치는 여인의 대답을 듣고는 대나무 통에 담긴 술을 가져왔다.

"오늘은 좋은 날이오. 합환주*로 천지께 맹세합시다."

우치는 잔에 술을 부어 먼저 마셨다. 그러고는 한 잔을 따라 여인에게 권했다. 우치가 또 한 잔씩 나눠 마시길 권하자 여인이 사양했다.

"저는 술이 약하답니다."

그러자 우치는 정색하며 말했다.

"아니, 아내가 남편의 뜻에 따르는 것이 옳거늘 어찌 거절한단 말이오?"

여인은 우치의 말에 마지못해 한 잔 더 받아 마셨다. 그러나 술

---

* **합환주** 전통 혼례식에서 신랑 신부가 서로 잔을 바꾸어 마시는 술.

이 약했는지 금세 코를 골며 깊이 잠들어 버렸다. 우치는 붉은 먹으로 부적을 써서 여인의 등에 붙였다. 그러고는 곧 이 여인이 인간 행세를 하는 구미호임을 알아차렸다.

'드디어 요괴가 나타났구나! 괘씸하도다.'

우치는 노인에게서 받은 밧줄로 여인의 손발을 묶고는, 이곳저곳을 송곳으로 찔렀다. 여인은 깜짝 놀라 큰 소리로 외쳤다.

"아니, 이게 무슨 짓이오!"

"이 몹쓸 여우야! 네가 그동안 사람들을 해친 것을 알고 있다. 내 너를 죽여 그들의 원한을 풀고자 한다."

말을 마친 우치는 다시 송곳으로 여기저기를 찔러 댔다. 여인은 아홉 꼬리를 가진 여우로 변하더니 싹싹 빌기 시작했다.

"아야, 아야, 잘못했습니다! 제발 목숨만 살려 주소서."

"흥, 나에게 호정 하나를 주면 살려 주겠다."

"호정은 배 속에 있어서 꺼낼 수가 없습니다. 그 대신 호정보다 더 좋은 천서* 세 권이 있는데, 그걸 드릴 테니 살려 주십시오."

우치는 본래 공부하는 사람이었기 때문에 책 이야기를 듣자 반가웠다.

"그 책이 어디 있느냐?"

* **천서** 하늘의 계시를 적은 책.

"제가 사는 굴에 있는데, 밧줄을 풀어 주시면 얼른 가져오겠습니다."

우치는 여우의 잔꾀를 눈치채고는 더욱 화가 났다.

"흥, 그런 거짓말에 속을 줄 아느냐?"

그러고는 송곳으로 계속 찔러 댔다. 아픔을 참다못한 여우가 다시 입을 열었다.

"그렇다면 한쪽 발만이라도 풀어 주십시오. 그러면 같이 가서 직접 책을 드리겠습니다."

"좋아. 엉뚱한 짓을 하면 어떻게 되는지 알지?"

우치는 여우의 한쪽 발을 풀어 주고 굴로 따라갔다.

산속으로 한참 들어가니 커다란 바위 아래에 굴이 하나 있었다. 입구는 좁았지만 안쪽은 넓었다. 안으로 들어가자 으리으리한 집이 나타났다. 우치는 여우를 앞세우고 대문 앞에 섰다. 잠시 후 화려한 옷을 입은 한 시녀가 나와 여우에게 인사했다.

"아가씨, 오늘도 산행 가셔서 이렇게 사람을 데려오셨군요. 맛있게 먹겠습니다."

시녀는 말을 마치자마자 우치에게 달려들었다.

"흥, 요망한 것 같으니! 어서 책을 가져오도록 일러라."

우치는 여우를 송곳으로 찔렀다. 그러자 여우가 다급히 시녀에

게 외쳤다.

"너는 내가 묶여 있는 게 보이지
않느냐! 어서 천서 세 권을 가
져와라."

여우의 말에 깜짝 놀란
시녀는 급히 책을 들고 왔
다. 우치는 책을 받아 보았
으나 글자를 알아보기 어려
웠다.

"여기 쓰여 있는 내용을 설명해 다오."

그러자 여우가 대답했다.

"묶은 것을 풀어 주시면 가르쳐 드리겠습니다."

"그런 잔꾀에 속을 것 같으냐?"

"알겠습니다. 그럼 전부 알려 드릴 테니 그때 풀어 주십시오."

"좋아. 그렇게 하지."

우치는 세금사로 돌아와 여우를 앞에 앉혀 놓고 천서 한 권을 배웠다. 하룻밤 사이에 내용을 깨달아 귀신도 따라오지 못할 술법을 익혔다. 우치는 그제야 여우를 풀어 주고 부적을 떼어 주었다.

"내 너를 죽여 뒤탈을 없애고자 했으나, 이번만은 목숨을 살려 주겠다. 이제부터 사람을 해치지 말거라."

여우는 고개를 조아리며 황급히 떠났다.

잠시 후 큰바람이 불더니 구름 속에서 노인의 목소리가 들렸다.

"지난날에 주었던 부용승을 찾아가고 부적은 두고 가겠다."

우치가 깜짝 놀라 급히 나가 보니 아무도 없었다. 우치는 할 수 없이 공중을 향해 인사드리고 방으로 들어왔는데, 이번에는 문밖에 스승 윤공이 나귀를 타고 나타났다. 우치가 서둘러 인사드리니 윤공이 꾸짖으며 말했다.

"이 책은 인간이 보아서는 안 되는 것인데, 어찌 네가 보는 것이냐?"

당황한 우치가 미처 대답하기도 전에, 윤공이 사라져 버렸다. 깜짝 놀란 우치가 방 안을 살펴보니 천서 한 권이 없어졌다.

'어라, 이상하다. 설마 그 여우가 나를 홀린 것인가?'

우치가 어리둥절해할 때 이번에는 문득 여자의 울음소리가 들려왔다. 서둘러 나가 보니 우치의 집에서 일하던 시녀였다.

"도련님, 마님께서 어젯밤에 갑자기 돌아가셨습니다! 얼른 가 보세요."

우치는 그 말에 깜짝 놀라 급히 떠날 준비를 했다. 그런데 잠시 후 시녀는 온데간데없고 천서가 또 한 권 사라졌다.

우치는 그제야 여우가 사람으로 변해 정신을 쏙 빼놓은 뒤 천서를 도로 가져갔음을 알아챘다.

"이 괘씸한 요물이 나를 속였구나! 가만두지 않겠다. 내 다시 여우 굴로 가서 책을 찾아오리라."

우치는 화가 치밀어 올랐다. 하지만 산이 넓은 탓에 도저히 여우 굴을 찾을 수 없었다. 우치는 결국 포기하고 집으로 돌아왔다. 다행히 부적을 붙여 놓은 천서 한 권은 여우가 가져가지 못해 그의 손에 남아 있었다.

●

임금과 신하들은 공손하게 절을 한 뒤, 준비한 황금 들보를 바쳤다.

"그래. 잘 쓰도록 하마."

우치는 태연하게 이를 받아 들고는 유유히 사라졌다.

●

임금을 속이고

황금 들보를 얻다

전우치는 집에 돌아와 천서를 다시 보면서 술법을 완전히 익혔다. 이제 과거 시험에는 더 이상 뜻이 없었다.

당시에 남쪽 바닷가 여러 마을에는 해적이 침입해 노략질을 일삼았다. 게다가 극심한 흉년까지 들어 백성들의 참혹한 삶은 이루 말할 수 없었다. 그러나 조정의 벼슬아치들은 권력을 차지하기 위해 서로 다툴 뿐, 백성의 괴로움은 아랑곳하지 않았다.

우치는 이런 행태를 괘씸하게 생각하며 한 가지 꾀를 내었다. 어느 날 그는 구름에 올라 신선으로 변신했다. 머리에는 금관을 쓰고, 몸에는 붉은 도포를 입었으며, 허리에는 옥으로 만든 띠를 둘렀다. 그 모습에서 절로 위엄이 느껴졌다.

우치는 대궐 위에 멈춰 서서 엄숙하게 말했다.

"임금은 어서 나와 옥황상제의 명을 받아라."

한편, 천지가 진동하는 소리에 깜짝 놀란 임금은 신하들과 급히 밖으로 나왔다. 하늘에는 영롱한 구름이 떠 있고, 그 위에서 신선이 아래를 내려다보고 있었다. 임금과 신하들이 절하자 우치가 입을 열었다.

"들어라. 옥황상제께서 가엾게 죽은 영혼들을 위로하고자 태화궁을 지으려 하신다. 이에 인간 세상 각 나라에서 황금 들보* 하나씩을 바쳐야 한다. 길이 다섯 척*에 너비가 일곱 척이어야 하니, 춘삼월* 보름날까지 늦지 않도록 준비하라. 만일 이를 어길 시엔 큰 벌을 내리겠노라."

말을 마친 우치는 남쪽으로 유유히 사라졌다. 임금은 신하들을 모아 어찌할지 의논했다.

"전국 방방곡곡에 공문을 보내야 합니다. 어서 금을 모아 하늘의 명을 받들어야 합니다."

* **들보** 칸과 칸 사이의 두 기둥을 건너지르는 나무.
* **척** 길이의 단위. 1척은 약 30.3cm에 해당한다.
* **춘삼월** 봄 경치가 한창 무르익는 음력 3월.

한 신하가 말하자, 임금은 고개를 끄덕였다.

"그 말이 옳도다. 금이란 금은 전부 모아서 황금 들보를 만들도록 하라. 시일이 촉박하니 서두르거라."

이윽고 춘삼월이 되자 임금은 목욕재계*한 후 신선을 기다렸다. 저녁 무렵, 하늘에서 환한 빛이 비치며 향이 진동하더니 신선이 다시 나타났다.

임금과 신하들은 공손하게 절을 한 뒤, 준비한 황금 들보를 바쳤다.

"그래. 잘 쓰도록 하마."

우치는 태연하게 이를 받아 들고는 유유히 사라졌다.

이제 나라에는 금이 바닥났다. 우치는 조선에선 황금 들보를 처분하기 곤란하다고 생각해 베트남으로 갔다. 그리고 황금을 조금 잘라 내 쌀 10만 석을 사들인 뒤 다시 돌아왔다.

우치는 굶주림에 허덕이는 백성들에게 양식을 골고루 나누어 주었다. 또한 농사지을 씨앗과 입을 옷도 마련해 주었다. 백성들은 뜻밖의 일에 기뻐하며 우치를 칭송했다. 그러나 벼슬아치들은 어찌 된 영문인지 몰라 어리둥절해했다.

---

* **목욕재계** 깨끗이 씻어 몸가짐을 다듬는 것.

우치는 글을 한 장 써서 마을 입구에 붙였다.

　이번에 곡식을 나누어 주었다고 어떤 사람들은 나를 칭송하기도 한다. 하나 이것은 마땅히 해야 할 일일 뿐이다. 무릇 국가는 백성을 뿌리로 삼아야 한다. 그러나 백성들이 이렇게 참혹한 지경에 이르렀음에도 벼슬하는 자들은 백성을 위하기는커녕 도리에 어긋나는 행동만 일삼으니 도저히 용납할 수 없었다.
　나는 하늘을 대신해 이러저러한 방법으로 너희를 도왔을 뿐이다. 그러니 남이 가져갔던 자신의 몫을 이제야 돌려받은 것이라 생각하며 고마워할 필요는 없다. 나는 하늘의 뜻을 따라 심부름만 했을 뿐이니, 무슨 공이 있겠느냐. 이렇게 글을 남기는 나는 처사 전우치라 한다.

　우치가 남긴 글은 조정에까지 들어갔다. 비로소 사정을 알게 된 벼슬아치들은 임금을 속이고 나라를 소란스럽게 했다는 죄로 전우치를 잡고자 했다. 우치는 잘못을 뉘우치긴커녕 오히려 자신을 잡으려는 벼슬아치들이 더욱 괘씸했다.
　우치는 꾀를 내 황금 들보의 머리 부분을 조금 잘라 팔기로 했다. 그것을 본 한 포교*가 의심하며 물었다.

---

* **포교** 범죄자를 잡아들이는 일을 맡아보던 포도청의 벼슬아치.

"아니, 이 금은 어디서 난 것이오?"

"하하. 출처가 분명한 것이니 걱정 마시구려."

"가격은 얼마요?"

"5백 냥이오."

"그렇다면 그대가 사는 곳을 알려 주시오. 내일 돈을 가지고 사러 가겠소."

"내 집은 송악산 남서부에 있고, 이름은 전우치라 하오."

포교는 우치와 약속한 뒤 곧장 포도청에 가서 알렸다. 포도대장은 5백 냥을 주며 말했다.

"이야기를 들으니 아무래도 수상하구나. 우선 이 돈으로 그 금덩이를 사 오너라. 그 후에 더 자세히 알아보고 그놈을 잡아들여야겠다."

다음 날 포교는 우치의 집으로 가 금을 사 왔다. 포도대장은 금덩이를 보고는 깜짝 놀랐다.

"이 금은 임금님께서 신선에게 바치신 황금 들보가 분명하다. 그 우치란 놈을 잡아다가 조사해라."

잠시 후 포교들이 우치의 집으로 들이닥쳤다. 그러자 우치는 태연하게 말했다.

"왜 이리 난리들이냐? 너희들이 여기까지 왔지만 나를 잡아가진 못할 것이다."

그리고 포교들에게 잘 차린 음식을 내주었다. 그들은 우치의 기세에 눌려 아무 말도 못 하고 돌아가 이 사연을 전했다.

포도대장은 크게 화를 내며 의금부* 병사들로 하여금 집을 에워싸게 하고, 이 사실을 임금에게 보고했다. 임금 역시 크게 화를 내며 속히 전우치를 잡아 가두라고 명했다.

이 무렵 우치는 음식을 마련해 어머니께 대접하고 있었다. 그런데 무장을 한 여러 병사들이 그의 집을 에워싸더니 임금의 명령을 알렸다.

'하하. 이놈들아. 그렇다고 될 것 같으냐!'

전우치는 작은 병을 꺼낸 뒤 병사들에게 말했다.

"너희들 능력으로는 나를 잡아갈 수 없다. 차라리 내가 병 속에 들어갈 테니 그 병을 임금에게 가져가거라."

그렇게 말한 후 우치는 병 속으로 들어갔다. 이때다 싶어 병사들은 얼른 병 입구를 단단히 막고 서둘러 궁으로 향했다.

"너무 흔들리는구나. 천천히 좀 가자."

병 속에서 전우치의 웃음소리가 들렸다. 궁에 도착한 병사들은 임금에게 보고드렸다.

"아니, 전우치를 잡아 오랬더니 웬 병을 가져왔느냐? 어찌 된

* **의금부** 임금의 명령을 받들어 중죄인을 신문하는 일을 맡아 하던 관아.

임금을 속이고 황금 들보를 얻다 • 43

것이냐?"

임금이 물었다.

"전하, 전우치는 이 병 속에 들어 있습니다."

"도무지 이치에 맞지 않는 소리로구나. 사람이 어찌 저 속에 들어갈 수 있느냐?"

그러자 병 안에 있던 우치가 소리를 질렀다.

"허, 좁은 곳에 있으니 갑갑하구나! 어서 마개나 열어 다오."

깜짝 놀란 임금은 그제야 우치가 병 안에 있다는 사실을 알게 되었다.

'정말로 놀라운 놈이로구나!'

임금은 신하들을 돌아보며 물었다.

"이놈의 도술은 예측할 수 없구나. 소홀히 하다간 놓칠 수도 있겠다. 어찌하면 좋겠느냐?"

신하들 모두 걱정스런 표정을 지었다. 그때 한 신하가 나와 말했다.

"가마솥에 기름을 끓이고 그 안에 넣으면 어떻습니까?"

임금은 좋은 생각이라며 당장 그렇게 하도록 지시했다. 잠시 후 한 병사가 펄펄 끓는 가마솥 안에 병을 집어넣었다. 그러자 전우치의 목소리가 태연히 들려왔다.

"집이 가난해서 불도 못 때고 밤낮으로 덜덜 떨며 지냈는데, 이제 이렇게 따뜻한 곳에서 몸을 녹일 수 있으니 성은이 망극하구나!"

"저, 저런 고약한 놈이 있나! 여봐라. 불을 더욱 세게 지펴서 저 놈이 아무 말도 못 하게 하라!"

임금은 약이 올라 하루 종일 가마솥에 불을 때게 했다. 그리고 모든 기름이 다 졸아들자 병을 깨고 안을 살펴보았다. 하지만 산산조각 난 파편 외에는 아무것도 없었다. 어찌 된 일인지 몰라 어리둥절해하는데, 병 조각들이 통통 튀면서 말하기 시작했다.

"소신 전우치 여기 있나이다. 저를 잡아 혼낼 정신이 있다면, 차라리 백성을 편안하게 하는 데에 힘쓰는 게 옳지 않겠습니까?"

그 말을 들은 임금은 더욱 화가 치밀어 올랐다. 그래서 모든 병 조각을 모아 다시 기름에 넣고 펄펄 끓이게 했다. 또한 우치의 집을 헐어 버리고 물을 채워 연못으로 만들라고 명했다. 하지만 아무런 소용이 없었다.

"이제 시간이 많이 지났구려. 그만 돌아가겠소."

잠시 후 우치는 멀쩡한 모습으로 나와 어디론가 사라졌다. 그러자 한 신하가 임금에게 말했다.

"이놈은 쉽게 잡을 수 없을 것 같습니다. 차라리 죄를 용서하고 관직을 준다는 내용의 방*을 써서 달래는 게 어떻습니까? 만일 우치가 관직을 맡은 뒤에 잘못을 저지르거든 그때 죽이는 게 좋을 듯합니다."

곰곰이 생각해 보니 차라리 그게 후환*을 없애는 좋은 방법인 것 같았다. 임금은 즉시 전국 방방곡곡에 방을 붙이도록 했다.

* **방(榜)** 어떤 일을 널리 알리기 위하여 사람들이 다니는 길거리나 많이 모이는 곳에 써 붙이는 글.
* **후환** 어떤 일로 말미암아 뒷날 생기는 걱정과 근심.

전우치는 비록 나라에 죄를 지었으나 그 재주를 생각해 특별히 용서하고 벼슬을 내릴 것이다. 그러니 하루 속히 스스로 나타나도록 하라.

●

"이 족자를 집에 걸고 '고직아!' 하고 부르면 대답하는 자가 있을 것이오.

매일 한 냥씩 달라고 해서 어머니를 봉양하시오. 만일 욕심을 부려

더 달라고 하면 큰일 날 것이니 부디 명심하시오."

●

세상을 돌아다니며

도술을 부리다

한편, 궁궐을 나온 우치는 어머니를 모시고 산속으로 들어가 한가롭게 시간을 보냈다.

그러던 어느 날 우치는 길가에서 한 노인이 슬프게 울고 있는 것을 보았다. 왜 우는지 묻자 노인이 말했다.

"내 나이 칠십에 아들이 하나 있다오. 그런데 얼마 전 억울하게 살인죄를 뒤집어썼기에 서러워하고 있었소."

"살인죄라니요? 어찌 된 일인가요?"

"우리 동네에 왕(王)가란 사람이 있소. 그의 아내는 어려서부터 내 아들과도 친하게 지냈다오. 그런데 그녀는 행실이 바르지 못한 게 흠이라오. 조(趙)가라는 사람과 가까이 지내며 몰래 만나고 있었는데, 그것을 그만 왕가에게 들키고 만 것이오. 이 때문에 왕가와 조가가 심하게 다투었는데, 하필 내 자식이 그때 그 집에 간 것이오. 아들은 싸움을 말리고 조가를 집으로 돌려보냈는데 왕가가 그만 죽고 말았지 뭐요. 게다가 운 나쁘게도 우연히 그 장면을 본 왕가의 사촌이 관아에 고발하는 바람에 아들이 살인죄를 덮어쓰게 된 것이오.”

노인은 눈물을 뚝뚝 흘리며 말을 이어 나갔다.

“조가는 형조 판서인 양문덕의 문객*이고, 둘은 친분이 두텁다오. 그렇기에 내 자식이 살인을 저질렀다는 문서를 거짓으로 만들어 옥에 갇히게 한 것이오. 이러니 내 어찌 서럽지 않겠소?”

사연을 다 들은 우치는 만약 진실로 그러하다면 마땅히 바로잡겠다고 약속했다. 노인과 헤어진 후 우치는 바람으로 변신해 양문덕의 집으로 갔다.

그때 양문덕은 사랑방에서 혼자 거울을 보고 있었다. 우치는 왕가로 변신해 거울 속에 모습을 드러냈다. 깜짝 놀란 양문덕이 뒤를 돌아보았지만 아무도 없었다.

‘허! 대낮부터 귀신이 나를 놀리는 건가? 거참 이상하네.’

양문덕은 고개를 갸우뚱하고 다시 거울을 보았다. 그러자 왕가

* **문객** 세력 있는 집에 머물면서 밥을 얻어먹고 지내는 사람.

가 거울 속에 나타나 말했다.

"나는 얼마 전에 조가에게 죽임을 당한 왕가라 하오. 그대는 조가 이야기만 듣고 사실을 잘못 알아 무고한 이를 옥에 가두고, 조가는 풀어 주었소. 내 그것이 한이 되어 이렇게 떠나지 못하고 있으니, 지금이라도 사실을 바로잡아 내 원수를 갚아 주시오."

크게 놀란 양문덕은 주위를 돌아봤으나 왕가는 그사이에 사라지고 없었다. 아무래도 일이 심상치 않다고 여긴 양문덕은 조가를 다시 불러 엄하게 물었다. 그러나 조가는 여전히 자신은 아무 잘못이 없다며 발뺌을 했다. 그 순간 하늘에서 왕가가 나타나 호통을 쳤다.

"이 괘씸한 놈아! 내 아내를 몰래 만나 희롱하고, 또 나까지 죽였으니 철천지원수로구나. 어찌 남에게 죄를 뒤집어씌운 것이냐! 하늘이 네놈을 용서치 않을 것이다."

그제야 얼굴이 창백해진 조가는 두려워서 몸

을 떨었다. 양문덕이 조가를 꾸짖으며 자세히 캐물으니 조가는 자신의 죄를 낱낱이 고백했다. 그리하여 노인의 아들은 풀려날 수 있었다.

　　우치는 또다시 구름을 타고 여기저기를 다니며 구경했다. 한참을 가다가 시장을 내려다보니, 두 사람이 돼지머리를 붙잡고는 다투고 있었다. 우치가 내려와 그 까닭을 물으니 한 명이 씩씩거리며 입을 열었다.

　　"내가 돼지머리가 필요해 값을 치렀소. 그런데 별안간 저 관리가 나타나 빼앗으려 하지 않소?"

하지만 관리는 아랑곳하지 않고, 어서 돼지머리를 내놓으라며 막무가내였다. 이를 괘씸하게 여긴 우치는 주문을 외웠다. 그러자 갑자기 돼지머리가 입을 쩍 벌리고는 관리에게 달려들었다. 깜짝 놀란 관리는 허둥지둥 도망쳐 버렸고, 구경하던 사람들은 그 모습이

우스워서 깔깔거렸다.

우치는 다시 구름에 올라 하늘을 날았다. 서쪽 지방에 이르자 노랫소리가 요란하게 들려왔다. 아래를 내려다보니 여러 젊은 선비들이 기생들과 어울리며 한창 잔치를 즐기고 있었다. 우치는 그곳으로 내려가 말했다.

"나는 지나가는 나그네라오. 그대들이 즐거워 보이기에 함께 어울리고자 하오."

우치가 예를 갖추어 자기를 소개하자 여러 선비들도 서로 통성명*을 하며 잔치에 함께 어울리도록 했다.

우치는 그곳에 모인 여러 선비들을 살펴보았다. 그중에 소생과 설생이란 자가 말을 걸어 왔다.

"옷차림이 누추한 걸 보니 대단히 급히 오셨나 보오."

"아니면 어디 농사일이라도 거들다 오셨나? 하하."

둘은 우치를 비웃으며 거만한 태도를 보였다.

'이놈들이 나를 업신여기는구나. 어디 두고 보자.'

잠시 후 술상이 나오자 우치가 입을 열었다.

"여러 선비님들 덕분에 이런 진수성찬을 맛보는구려. 감사히 먹겠소."

* **통성명** 이름을 알려 주며 자신을 소개함.

그러자 설생이 거드름을 피우며 말했다.

"차린 건 없지만 그래도 기생과 음식 정도는 넘치게 있소. 아마도 이런 걸 처음 보는 것 같구려. 허허."

그러자 우치가 웃으며 대답했다.

"아니올시다. 생각보다 부족한 것이 많소이다."

"아니, 대체 무엇이 부족하단 말이오?"

소생이 발끈하여 물었다.

"어디 보자. 시원한 수박도 없고, 새콤한 복숭아나 달콤한 포도도 없지 않소?"

그러자 설생이 크게 웃었다.

"아니, 이제 보니 참으로 어리석구려. 늦은 봄에 그런 과일들이 어디 있겠소?"

그러자 우치가 태연히 말했다.

"내가 여기 오다가 나무에 온갖 열매가 주렁주렁 열린 것을 보았소."

"그렇다면 지금 당장 구해 올 수 있겠소? 만약 거짓말이면 가만 있지 않을 것이오."

설생과 소생이 화를 내자 우치가 자신만만하게 말했다.

"허허, 진정하시구려. 전부 구해 올 테니 걱정 마시오. 하나 만약 내가 구해 오면 그대들에게 큰일이 생길 것이오."

우치는 밖으로 나와 구름을 타고는 멀리 떨어진 과수원으로 빠르게 날아갔다. 그곳 복숭아나무에는 꽃이 활짝 피어 있었다. 우치가 주문을 외우자 그 나무에 복숭아와 포도, 수박이 주렁주렁 열렸다. 우치가 과일들을 소매에 가득 넣어 돌아오자, 사람들은 크게 놀랐다.

"아니, 맙소사!"

"이런 걸 어디서 구했소?"

모두들 맛있게 먹으면서 우치의 재주를 크게 칭찬했다. 한편 소생과 설생은 겉으로 아무 말도 안 했지만, 속으로는 여전히 우치를 업신여겼다. 우치는 이를 괘씸히 여겨 두 사람을 향해 몰래 주문을 외웠다. 잠시 후 소생과 설생이 괴로워하며 말했다.

"아이고…… 갑자기 왜 이렇게 몸이 무겁고 어지럽지?"

"자네도 그런가? 나도 그렇다네."

그러자 우치는 빈정거리며 두 사람에게 슬며시 말을 건넸다.

"글쎄올시다. 바지 속에 손을 한번 넣어 보시오."

이 말을 들은 설생이 손을 바지 속에 넣고 더듬어 보니 하문*이 오간 데 없이 밋밋했다. 설생은 몹시 당황해하며 소생에게 말했다.

"아니, 별안간 아랫도리가 평평해졌으니 이게 도대체 어찌 된

---

* **하문** 남녀의 생식기가 있는 곳을 이르는 말.

일인가?"

소생 또한 제 가랑이 사이를 더듬어 보니 역시 설생과 같았다. 두 사람은 그제야 크게 놀라며 걱정을 했다.

"아까 우리에게 큰일이 있을 거라 하셨는데, 과연 이 일을 어찌 한단 말이오?"

다들 허둥대고 있을 때, 선비들 중 가장 지혜롭다는 은생이라는 자가 문득 깨달아 우치에게 빌었다.

"소생과 설생이 어리석어 그대의 재주를 몰라보고 무례하게 굴었습니다. 부디 용서하십시오."

그제야 우치는 웃으며 말했다.

"걱정 마시오. 시간이 지나면 원래대로 돌아올 것이오."

잠시 후 둘은 자신의 아랫도리를 확인해 보았다. 다행히도 예전과 같았다. 소생과 설생은 오만하게 군 것에 대해 허리 굽혀 사죄했다.

"신선께서 인간 세상에 내려오신 것을 몰라뵈었습니다. 아무쪼록 용서해 주십시오."

우치는 미소를 지으며 문밖으로 나섰다.

다시 구름에 오른 우치는 동쪽으로 향했다. 한 마을 입구에 이르니 서너 명이 모여 탄식하고 있었다.

"장(張) 씨야말로 착하고 어진 사람이라오. 그런데 이렇게 억울하게 죽는다면 어찌 아깝지 않겠소?"

우치는 구름에서 내려 어찌 된 일인지 물어보았다. 그중 한 명이 사연을 들려주었다.

"호조 고직*에 장세창이라는 사람이 있다오. 장 고직은 평소 어질고 효심이 깊어서 어려운 사람을 자주 도와주었지요. 그런데 문서를 잘못 작성한 탓에 자기가 쓰지도 않은 2천 냥을 썼다고 억울하게 죄를 뒤집어쓰고 말았다오. 그 죄로 사형을 당한다 하기에 이렇게 탄식하고 있던 것이오."

사연을 들으니 딱해 보였다. 우치는 구름을 타고 즉시 형장으로 향했다. 과연 그곳에는 한 젊은이가 꽁꽁 묶인 채 수레에 실려 가고 있었고, 아내가 울면서 뒤를 따랐다. 사람들에게 물으니 그가 바로 장세창이었다. 우치는 옥졸이 형을 집행하려는 틈을 타 주문을

* **고직** 관아의 창고를 맡아보는 직책.

외웠다. 그러자 큰바람이 장세창 부부를 데리고 하늘로 올라가 버렸다. 순식간의 일이었다. 깜짝 놀란 감형관*은 자신이 본 것을 임금에게 알렸다. 임금 역시 매우 놀라며 이 일을 수상히 여겼다. 그 사이 우치는 장세창 부부를 집에 데려다 놓았다. 잠시 후 부부가 깨어나서는 어리둥절해하자 우치가 전후 사정을 설명했다. 부부는 거듭 고개를 숙이며 감사해했다.

우치는 또 구름을 타고 가다가 한 사람이 통곡하고 있는 걸 보았다.

"나는 한자경이라는 사람이오. 며칠 전 아버님께서 돌아가셨지만 가난해서 장례도 못 치르고 있소. 홀로 계신 어머니도 제대로 봉양할 수 없어서 서러워하고 있소이다."

사연을 들은 우치는 불쌍한 마음에 족자 하나를 꺼내 주었다.

"이 족자를 집에 걸고 '고직아!' 하고 부르면 대답하는 자가 있을 것이오. 그러면 백 냥을 달라고 하시오. 그 돈으로 장례를 치르고, 그 뒤로는 매일 한 냥씩 달라고 해서 어머니를 봉양하시오. 만일 욕심을 부려 더 달라고 하면 큰일 날 것이니 부디 명심하시오."

족자를 받아 든 한자경은 반신반의하며 집으로 돌아왔다. 바닥

---

* **감형관** 형의 집행을 감독하는 관리.

에 족자를 펼치니 큰 창고 앞에 열쇠를 차고 있는 사람이 그려져 있었다. 한자경은 그림을 향해 소리쳤다.

"여봐라, 고직아!"

"왜 그러느냐?"

정말로 고직이 대답하며 그림 밖으로 나왔다. 한자경은 크게 놀라며 우치가 일러 준 대로 말했다.

"나에게 백 냥만 다오."

그러자 고직은 백 냥을 꺼내 한자경 앞에 놓았다. 한자경은 기뻐하며 그 돈으로 아버지의 장례를 치렀다. 그러고는 매일 고직에게 한 냥씩 달라고 해서 어머니를 모시는 데 썼다.

그러기를 몇 달째, 한자경은 점점 욕심이 생겼다.

'어차피 하루에 한 냥씩 주는데, 한 번에 쓸 일이 많다고 하고 백 냥을 달라고 하면 뭐 어떻겠어?'

이렇게 생각한 한자경은 고직을 불러 말했다.

"내가 긴히 쓸데가 있으니 백 냥을 먼저 꾸어 다오."

그러나 고직은 이를 허락하지 않았다. 한자경이 계속 졸랐지만, 고직은 대답하지 않은 채 창고 안으로 들어가려 했다. 깜짝 놀란 한자경은 얼른 고직을 따라 안으로 들어갔다. 그곳은 어두웠다. 한자경은 백 냥을 집어서 나오려 했지만, 문이 닫혀 버렸다.

"고직아! 고직아! 어디 있느냐? 문 좀 열어 다오."

고직을 불렀으나 아무런 대답이 없었다. 화가 난 한자경은 쿵쿵 소리가 나도록 발로 문을 세게 찼다.

한편 호조 판서가 막 출근했는데, 한 병사가 급히 달려왔다.

"이상한 일이 있어서 아룁니다! 창고 안에서 사람 소리가 들립니다."

호조 판서는 즉시 병사들을 시켜 창고 문을 열었다. 그곳에는 한 사내가 돈을 잔뜩 들고 서 있었다.

"네 이놈! 어떤 놈이기에 감히 이곳에 들어왔느냐?"

호조 판서가 놀라서 호통치니 한자경은 더 크게 화를 냈다.

"아니, 너희야말로 누군데 남의 창고에 들어왔느냐?"

"어허, 도둑놈이 오히려 큰소리치다니 어이없구나! 어서 저놈을 잡아들여라."

병사들은 한자경을 끌어내 무릎 꿇렸다. 그제야 정신을 차린 한자경은 주위를 둘러보았다. 그곳은 자신의 집이 아닌 관가였다.

"내가 어찌 여기에 와 있는 거지? 이게 꿈인가, 생시인가?"

당황한 한자경은 어쩔 줄 몰랐다. 호조 판서는 그를 꾸짖기 시작했다.

"감히 호조 창고에 들어와 나랏돈을 훔치려 했느냐? 그 죄는 죽어 마땅하다. 어떻게 창고 안에 들어간 건지 이실직고해라."

한자경은 그동안에 있었던 일을 설명했다.

"잠깐! 족자라니? 그건 어디서 났느냐?"

"전우치라는 사람이 제게 주었습니다."

"아니, 전우치가 나타났단 말이냐? 그게 언제냐?"

"벌써 넉 달 전쯤 일입니다."

"그렇단 말이냐? 이거 큰일이구나."

호조 판서는 우선 한자경을 가두고 창고 안을 살펴보았다. 하지만 돈은 몽땅 사라지고 청개구리만 가득했다. 또 다른 창고에도 돈 대신 뱀만 득실거렸다. 호조 판서는 이 일을 서둘러 임금에게 보고했다. 임금은 전우치가 또다시 도술을 부리고 있다고 생각하며 신하들을 불러 모았다.

그때 여기저기서 괴상한 일이 벌어지고 있다는 보고가 계속 올라왔다.

"전하, 창고 안의 쌀이 몽땅 사라지고 벌레만 남아 있습니다!"

"아뢰니다! 무기들이 전부 나뭇가지로 변했습니다!"

궁녀들 역시 허둥지둥 달려와 말했다.

"전하! 저희들의 족두리*가 모두 금색 까마귀로 변해 날아가 버렸습니다. 게다가 궁 안에 호랑이가 들어왔습니다!"

"뭐라고? 감히 궁궐 안에서까지 도술을 부리다니. 당장 전우치를 잡아들여라!"

임금은 화를 내며 신하들을 향해 소리 질렀다. 하지만 전우치가 어디 있는지 아는 사람이 없었다. 호조 판서가 조심스럽게 말을 꺼냈다.

"아뢰옵니다. 호조 창고를 털려고 해서 잡아 둔 자가 아마

* **족두리** 부녀자들이 옷을 입을 때에 머리에 얹던 관의 하나.

도 전우치와 한패인 듯합니다. 그러니 어서 벌해야 할 것입니다."

"맞다! 당장 그자를 사형에 처하라."

한자경은 곧바로 형장으로 끌려 나왔다.

'아이고. 이제 죽은 목숨이구나! 전우치의 말을 들었다면 이런 일이 없었을 텐데 왜 욕심을 부렸던가……'

그때였다. 어디선가 회오리바람이 일더니 한자경이 온데간데없이 사라졌다. 그 자리에 있던 사람들 모두가 깜짝 놀라 뒤로 넘어졌다. 집에 무사히 돌아온 한자경은 전우치가 자신을 구해 준 것임을 알고는 욕심 부렸던 것을 깊이 반성했다.

●

'이놈의 재주가 보통이 아니니 그냥 두면 또 말썽을 일으킬 것이다.

차라리 벼슬을 내려 달래고, 만일 또다시 난동을 일으키면

그때 크게 벌하리라.'

●

관직에 올라
벼슬아치들을 희롱하다

우치는 다시 구름을 타고 여기저기 구경을 다니다가 거리 곳곳에 붙은 방을 보았다.

전우치는 이 방을 보는 즉시 자수하도록 하라. 그러면 지금까지의 모든 일을 용서하고 벼슬도 내리겠다.

'흥, 나를 꾀어 스스로 나타나게 할 셈이로군.'
우치는 빤히 속이 들여다보이는 글을 보며 비웃었다.
'그래도 어디 한번 가 볼까?'
전우치는 구름을 타고 궁궐 정원에 내려와 외쳤다.

"자! 소신 전우치가 이렇게 제 발로 나타났습니다."

깜짝 놀란 신하들이 이 사실을 임금에게 알렸다. 임금은 곰곰이 생각했다.

'이놈의 재주가 보통이 아니니 그냥 두면 또 말썽을 일으킬 것이다. 차라리 벼슬을 내려 달래고, 만일 또다시 난동을 일으키면 그때 크게 벌하리라.'

임금이 우치를 불러다가 물었다.

"네 이놈, 그동안 네가 벌인 죄를 아느냐?"

"신의 죄는 만 번을 죽어도 마땅하오니 무슨 말씀을 드리겠습니까?"

"내 그간의 일들을 생각하면 몹시 괘씸하도다. 하나 네 재주를 인정해 죄를 용서하고 벼슬을 내리겠다. 그러니 너는 이제부터 충성을 다하라."

그러고는 임금은 우치에게 선전관* 겸 사복 내승*이라는 관직을 내렸다.

"성은이 망극하옵니다."

우치는 임금의 은혜에 깊이 감사드리고는 다음 날부터 일을 시

* **선전관** 왕을 호위하거나 왕의 명령을 전달하는 임무를 맡았던 무관 벼슬.
* **사복 내승** 궁궐의 수레나 말에 관한 일을 맡은 말단 직위.

작했다.

그런데 선배 선전관들이 후배인 우치를 들들 볶으며 괴롭히기 시작했다. 어느 날은 차례로 매질까지 하며 야단을 쳤다. 더 이상 참을 수 없던 우치는 몰래 망부석*을 가져다가 자기 대신 맞게 했다. 선배들은 우치를 때릴 때마다 손바닥이 너무나 아팠기에 그 후로는 매질을 그쳤다.

이럭저럭 시간이 흘러 몇 달이 지났다. 선배 선전관들은 우치에게 허참례*를 하라고 재촉했다.

"알겠습니다. 내일 해가 뜰 때쯤 모두 백사장으로 오십시오."

우치는 이번 기회에 선배들을 골탕 먹이리라 생각했다.

다음 날 모든 선전관들이 말을 타고 약속 장소로 모였다. 백사장에는 푸른 차일*이 쳐 있고, 여러 색깔의 방석들이 나란히 깔려 있었다. 진귀한 음식들 역시 먹음직스럽게 차려져 있었다. 선전관들은 좋아하며 자리에 앉아 잔치를 즐기기 시작했다.

어느 정도 취기가 돌자 우치가 입을 열었다.

"오늘은 참으로 즐거운 날입니다. 하나 남자들끼리만 노는 것은

---

* **망부석** 아내가 멀리 떠난 남편을 기다리다 죽어서 되었다는 돌.
* **허참례** 새로 임용된 벼슬아치가 전부터 있던 벼슬아치에게 음식을 차려 대접하던 일.
* **차일** 햇빛을 가리기 위해 치는 장막.

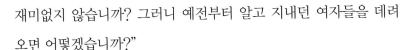

재미없지 않습니까? 그러니 예전부터 알고 지내던 여자들을 데려
오면 어떻겠습니까?"

그러자 선전관들은 기뻐하며 입을 모아 칭찬했다.

"허허, 거참 좋은 생각이라네. 후배님이 이렇게 호탕한 면이
있는 줄 그동안 몰랐구려."

다들 기분이 좋아 칭찬을 아끼지 않았다. 우치는 속으로
피식 웃었다.

잠시 후 우치가 여러 여자들을 데려왔다. 우치는 이들을 잠시
기다리게 하고, 선배들이 있는 곳으로 와서 말했다.

"제가 여자들을 데려왔습니다."

선배 선전관들은 잘했다며 박수를 쳤다. 우치는 여자들을 한 명
씩 선전관들 옆에 앉히며 말했다.

"너는 이분 곁을 떠나지 말고 착실히 모셔라."

그러나 여자들이 한 명씩 들어올 때마다 선전관들은 당황스런
표정을 지었다. 이들은 자신들의 아내였던 것이다. 선전관들은 서
로 알까 두려워하며 아무 내색도 못 하고 전전긍긍했다. 그러더니
제각기 핑계를 대고는 황급히 자리를 떴다. 남아 있던 하인들만 어
리둥절한 표정을 지을 뿐이었다.

집으로 돌아온 선전관들은 잔뜩 화가 나 있었다. 그런데 모든

집안이 난리 통이었다. 어떤 집은 급보*를 전하러 가고, 또 어떤 집은 청심환을 구하러 약방에 가거나 의원을 부르기도 하며, 어떤 집에선 통곡 소리가 들리기도 했다. 모두가 부인들 때문이었다.

김씨 성을 가진 선전관이 집에 돌아오니 하인이 울면서 말했다.

"안주인께서 조금 전만 해도 바느질을 하시며 멀쩡히 계셨는데 갑자기 별세하셨습니다."

그 말을 들은 김 선전관은 어이가 없었다.

"아니, 좀 전까지만 해도 허참례에서 기생이 되어 사람들 앞에서 망신을 주더니 이게 무슨 소리야?"

그때 또 다른 하인이 달려와 다시 아뢰었다.

"부인께서 깨어나셨습니다!"

김 선전관이 급히 사랑방으로 들어가니 부인이 멀쩡히 일어나 말했다.

"아까 제가 잠깐 졸았는데 꿈속에 붉은 옷을 입은 사람이 나타났답니다. 그런데 아무 이유도 말하지 않고 다짜고짜 저를 잡아갔지요. 도착해 보니 그곳엔 저와 같은 부인들이 많이 있었습니다. 잠시 후 어떤 사람이 저를 당신 옆에 앉히면서 착실히 모시라고 하더라고요. 다른 부인들도 차례대로 선전관들 옆에 앉히면서요. 그

---

* **급보** 겨를 없이 서둘러 알림. 또는 그런 소식.

런데 당신은 화난 표정으로 자리에서 벌떡 일어나 집에 가지 않았나요? 거기 있던 다른 사람들처럼 말이에요. 모든 부인들이 어리둥절해하며 있는데 방금 깨어 보니 그게 모두 꿈이었답니다. 게다가 집안사람들은 제가 죽은 줄 알고 대성통곡하고 있으니 이게 대체 무슨 일인가요?"

부인의 이야기를 전해 들은 김 선전관은 어이가 없었다. 다음 날 선전관들이 모여 각자의 사연을 이야기했다. 다들 기가 막힌 표정이었다.

"나라에 죄를 진 전우치 놈이 관직에 올라 우리들을 욕보이다니……. 이놈을 반드시 혼내 주겠다."

모두들 분을 참지 못하고 이를 부득부득 갈았다.

한편, 우치는 집으로 돌아와 홀로 생각했다.

'내 나라에 죽을죄를 짓고도 도리어 벼슬을 받으니 성은이 망극하구나. 마땅히 개과천선해야겠다.'

우치는 다시 한번 임금의 은혜에 감사하며 그 뒤로는 더욱 자신의 직무를 성실하게 수행했으니, 조정에서도 우치를 기특하게 여겼다.

　　　　　　　　　　　　●

　　"신이 비록 재주는 없지만

도적 무리를 소탕해 근심을 덜어 드릴까 합니다."

　　　　　바로 전우치였다.

　　　　　　　　　　　　●

도적의 무리를
소탕하다

함경도 가달산에 엄준이란 자가 있었다. 용맹하고 무예가 뛰어났던 그는 수천 명을 모아 산채*를 이루고 노략질을 일삼았다. 또한 관아에 쳐들어와 무기를 훔치고, 병사들을 공격했다.

감사가 이러한 상황을 임금에게 보고했다. 근심에 싸인 임금은 신하들을 모아 의논했다.

"도적이 이렇게 활개 치는데 막을 수 없다니 참으로 답답하오. 누가 이놈들을 소탕할 수 있겠소?"

아무도 해결책을 내놓지 못하며 끙끙댔다. 그때 한 신하가 나와

---

* **산채** 산적들의 소굴.

말했다.

"신이 비록 재주는 없지만 도적 무리를 소탕해 근심을 덜어 드릴까 합니다."

말한 이는 바로 전우치였다. 임금은 몹시 기뻐하며 여러 신하들에게 물었다.

"경들의 생각은 어떠하오?"

"그렇게 하는 것이 좋을 듯하옵니다."

신하들 모두 우치의 뜻에 찬성했다. 임금이 우치에게 물었다.

"그래. 병사들은 얼마나 필요하겠느냐?"

"적의 규모가 크다고 하니 우선은 세력을 파악한 뒤에 군사를 데려가도록 하겠습니다."

임금은 이를 허락하고, 우치에게 칼을 주며 군사를 지휘하도록 했다. 우치는 은혜에 감사하며 물러났다.

이튿날 우치는 어머니를 뵙고 자신의 임무를 말씀드렸다. 어머니는 염려스러운 듯 우치에게 당부했다.

"적을 모른 채 무조건 성급하게 들어가는 것은 위태롭단다. 그러니 조심스럽게 행동하고, 임금님의 기대를 저버리지 말거라."

"명심하겠습니다."

날이 밝자 우치는 병사 열 명을 데리고 길을 떠났다. 이윽고 적진 근처에 이르자 병사들은 기다리게 한 뒤, 홀로 독수리로 변해 가달산으로 날아갔다. 그곳에는 엄준이 흰말을 탄 채 부하 백여 명을 거느리고 있었다.

엄준은 체격이 크고 건장했다. 또한 얼굴빛이 붉고, 눈이 솔방울처럼 컸으며, 수염은 바늘처럼 곧게 나 있었다. 과연 영웅호걸이라 할 만한 모습이었다.

엄준이 부하들에게 명령을 내렸다.

"각 도에 나갔던 장수들이 오후에 돌아올 것이다. 그러니 소 열 마리를 잡아 잔치 준비를 하라."

'마침 오늘 잔치를 할 모양이군. 이 기회에 혼쭐을 내야겠다.'

우치는 나뭇잎을 모아 창검을 든 병사들을 만들고, 대열을 이루게 했다. 그러고는 황금 갑옷을 입고 검은 말에 올라 적의 소굴로 향했다. 성문은 굳게 닫혀 있었지만, 우치가 주문을 외우자 저절로 열렸다.

우치는 잠시 기다렸다가 독수리로 변해 성안으로 들어갔다. 엄준과 부하들이 모여 잔치를 즐기고 있었다.

'어디 맛 좀 봐라.'

우치가 주문을 외우자 수백 마리의 독수리가 하늘을 까맣게 뒤덮었다.

"가라!"

우치가 명하자 독수리들은 잔칫상을 물고 하늘로 올라갔다. 그리고 사나운 바람이 모래와 돌멩이를 흩날리며 이곳을 아수라장으로 만들었다.

"아니, 이게 무슨 일인가!"

앉아 있던 이들은 강한 바람에 날리며 뒹굴뒹굴 굴렀다. 엄준역시 언덕까지 떠밀려 정신을 차리지 못했다.

'흥, 이제 좀 즐거워졌겠지?'

적들이 혼란에 빠진 모습을 바라보던 우치는 웃음을 지었다.

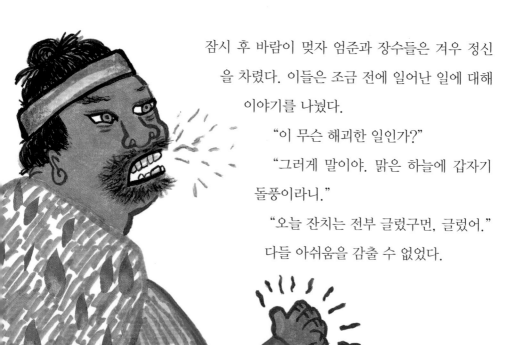

잠시 후 바람이 멎자 엄준과 장수들은 겨우 정신을 차렸다. 이들은 조금 전에 일어난 일에 대해 이야기를 나눴다.

"이 무슨 해괴한 일인가?"

"그러게 말이야. 맑은 하늘에 갑자기 돌풍이라니."

"오늘 잔치는 전부 글렀구먼, 글렀어."

다들 아쉬움을 감출 수 없었다.

다음 날 아침, 성벽을 지키던 병사가 급히 달려와 외쳤다.

"아룁니다! 한 장수가 군사들을 이끌고 동문으로 쳐들어왔습니다!"

깜짝 놀란 엄준은 서둘러 동문으로 향했다. 그곳에는 병사를 이끌고 온 우치가 서 있었다.

"너는 웬 놈이냐? 여기가 어딘지는 아느냐?"

"물론이지. 너는 무리 지어 노략질을 일삼고, 관아까지 습격하지 않았느냐? 나는 너 같은 몹쓸 무리를 잡아 나라의 법을 바로 세울 것이다. 목숨이 아깝거든 즉시 항복해라."

그러자 엄준은 화가 나 외쳤다.

"나는 하늘의 뜻에 따라 못된 임금을 없애고, 가난에 고통스러워하는 백성을 구하고자 했을 뿐이다. 그런데 어찌 감히 내게 대드는 것이냐!"

엄준은 말을 끝내자마자 우치에게 달려들었다. 엄준의 창은 날카로웠고, 우치의 칼은 예리했다. 창과 칼이 맞붙을 때마다 쨍강쨍강 쇳소리가 끊이지 않았다. 싸움은 마치 두 마리의 용이 여의주를 두고 다투는 것 같았다.

날이 저물어도 승부가 나지 않자, 둘은 군사를 거두고 본진*으로 돌아갔다. 엄준의 부하들이 대장에게 말했다.

"아무래도 느낌이 좋지 않습니다. 어제는 회오리바람이 불어 잔치를 망치더니, 오늘은 호랑이 같은 놈이 나타나 싸움을 걸어 오니 말입니다. 아무쪼록 놈을 만만히 보지 마십시오."

그러자 엄준은 호탕하게 웃었다.

"걱정 마라. 제깟 놈이 어찌 나를 당하겠느냐? 내일은 결단코 저놈을 잡아 무릎을 꿇리겠다."

다음 날 해가 뜨자 엄준은 군사들을 이끌고 나와 소리쳤다.

"어서 나와서 나의 창을 받아라. 오늘은 내가 반드시 승부를 내겠다."

"오냐! 기다렸다."

우치도 칼을 휘두르며 곧바로 엄준과 대적했다. 다시 창과 칼이 맞붙었다. 어느새 수십 차례나 부딪치며 격렬히 싸웠지만 승부가 나질 않았다.

'도적놈이 제법이구나. 아무래도 정면 승부보단 다른 방법이 필

* **본진** 예전에, 군대의 지휘를 하는 본부가 있던 곳.

요하겠군.'

우치는 급히 주문을 외웠다. 그리하여 분신을 만든 뒤 엄준과 계속 싸우게 하고는 자신은 하늘 위로 올라가 크게 소리쳤다.

"내 평생 사람을 죽이진 않았지만 네가 계속 하늘의 명령을 거역하니 어쩔 수 없구나. 부디 나를 원망하지 말거라."

말을 마친 후 우치는 칼을 들어 엄준을 치려고 했다. 그러다가 문득 생각이 들었다.

'어찌 사람의 목숨을 이렇듯 쉽게 해칠 수 있겠나……'

우치는 칼을 멈추고 다시금 외쳤다.

"자, 내 재주를 보거라."

엄준이 하늘을 올려다보니 검은 구름 속에서 번개가 일어났다. 깜짝 놀라 피하려 했지만 우치가 칼을 들고 길을 막았다. 엄준이 뒤를 돌아보니 또다시 우치가 따라왔다. 양옆에도 우치가 에워싸고 있으며, 머리 위에도 우치가 구름을 타고 칼을 마구 휘두르고 있었다.

"대체 어떤 놈이 진짜냐? 당당히 모습을 드러내라!"

하지만 아무런 효과가 없었다. 우치의 도술에 엄준은 정신이 어지러워 그만 말 아래로 떨어지고 말았다. 곧바로 분신들이 달려들어 엄준을 묶은 뒤 본진으로 돌아갔다. 진짜 우치는 구름에서 내려와 성문 앞에 섰다.

엄준의 부하들은 자신의 우두머리가 사로잡힌 것을 보자 두려운 마음에 칼을 버리고 항복했다. 우치는 이들을 무릎 꿇게 한 뒤 말했다.

"너희는 나라를 배반한 역적을 도왔다. 하늘의 명을 거슬렀으니 그 죄는 천벌을 받아 마땅하다. 그러나 이번만은 내 특별히 용서하겠다. 각자 고향으로 돌아가 농사일에 힘쓰도록 하라."

그러자 도적들은 머리를 연신 조아리며 고마움을 나타내고는 다들 흩어졌다. 이제 전우치는 엄준을 꿇어앉힌 뒤 큰소리로 꾸짖었다.

"너는 뛰어난 재주와 용맹함을 지녔다. 마땅히 충성을 다해 임금을 섬기면 대대로 이름을 남길 것이다. 그런데 감히 반역을 꾀해 나라를 소란스럽게 했으니 그 죄를 어찌 용서하겠느냐?"

말을 마친 우치는 그를 성문 밖에서 처형하라고 부하들에게 명했다. 그제야 엄준은 잘못을 뉘우치며 빌었다.

"제가 지은 죄는 죽어 마땅합니다. 하오나 장군께서 관용*을 베풀어 주신다면 허물을 고치고 장군을 따르겠습니다."

"네가 진실로 잘못을 뉘우치고 올바르게 산다면 한 번 더 기회를 주겠다."

* **관용** 남의 잘못 따위를 너그럽게 받아들이거나 용서함.

우치는 엄준을 풀어 주고 고향으로 돌려보냈다. 그러고는 조정에 첩서*를 올리고 궁으로 돌아가 임금에게 절을 올렸다. 임금은 크게 기뻐하며 칭찬을 아끼지 않았다.

---

* **첩서** 싸움에서 승리한 것을 보고하는 글.

우치는 그림 속 나귀 등에 올라 산속으로 들어가 버렸다.

임금은 또다시 우치의 꾀에 속은 것을 알고는 화를 참을 수 없었다.

벼슬을 그만두고

그림 속으로 들어가다

우치가 궁으로 돌아오자 다들 모여 도적을 물리친 걸 축하해 주었다. 하지만 선배 선전관들은 아무도 오지 않았다. 지난번 허참례 때 골탕 먹었던 것 때문이었다.

'흥, 아직도 꽁해 있단 말이지. 다시 한번 혼쭐을 내야겠구나.'

우치는 하늘 나라로 올라가 황건역사*들을 부른 뒤, 선전관들을 모두 잡아 오라고 분부했다. 잠시 후 선전관들이 영문을 모른 채 잡혀 왔다.

우치는 방에 앉은 채로 바깥을 향해 소리쳤다.

* **황건역사** 힘이 세다고 알려진 저승의 귀신.

"황건역사는 어디 있느냐? 죄인들을 들여보내라."

황건역사는 머리를 조아리고 선전관들을 들여보냈다. 방 안은 조용했다. 선전관들은 두려움에 몸을 떨며 바닥에 엎드린 뒤 조심스레 주위를 살폈다. 우치가 말했다.

"내 이전에는 장난삼아 그대들의 부인을 잠깐 욕되게 했다. 하지만 어째서 아직도 미움을 버리지 못하고 나를 소홀히 대하는 것이냐? 그 일이 그렇게도 마음에 맺혔더냐?"

우치의 꾸짖음에 선전관들은 아무 말도 못 했다.

"내 진작에 너희를 잡아다가 지옥으로 보내려 했다. 하나 밤낮으로 일이 바빠 지금까지 미뤄 왔다. 오늘은 너희를 전부 지옥으로 보내 타인을 업신여기는 죄의 대가를 치르도록 하겠다."

말을 마친 우치는 곧바로 명령을 내렸다.

"이 죄인들을 데리고 염라대왕께 가서 오랫동안 지옥에서 살게 한 뒤, 다음 생에는 짐승으로 태어나게 하라."

이 말을 들은 선전관들은 정신이 아득했다. 그제야 눈물을 흘리며 빌기 시작했다.

"제발 살려 주시오."

"우리가 생각이 짧아 죄를 지었소. 그러나 동료로서의 정을 생각해 부디 용서해 주시오."

우치는 한참 후 입을 열었다.

"내 너희를 지옥에 보내 고생시키려 했다. 하나 그간의 친분을 생각해 잠시 미루어 두겠다. 이후에 행실을 보아 처리할 테니 주의하라."

말을 마친 우치는 다들 돌아가라고 했다. 그 순간 모든 선전관들이 동시에 꿈에서 깼다. 온몸이 땀으로 흠뻑 젖어 있었다. 좀 전까지 실제로 겪은 일처럼 모든 게 생생하게 느껴졌다.

다음 날 선전관들이 모여서 꿈 이야기를 했다. 그리고 다들 똑같은 경험을 했다는 사실을 알게 되었다. 선전관들은 우치의 재주를 깨닫고는 이후로 우치를 깍듯하게 대접했다.

며칠 후 임금이 호조 판서에게 물었다.

"전에 창고의 식량들이 모두 흉측한 벌레로 변했다고 하더니 지금은 어떠한가?"

"전과 같은 모습 그대로입니다."

그 말을 들은 임금은 한숨을 쉬었다. 그때 우치가 나와 말했다.

"신이 창고에서 일어난 변고를 자세히 조사해 아뢰겠습니다."

임금은 그렇게 할 것을 허락했다. 우치는 즉시 호조 판서와 함께 창고 문을 열어 보았다. 그런데 쌀이 예전과 같이 그대로 있었다. 판서는 깜짝 놀라 말했다.

"어제까지만 해도 벌레들로 가득했는데, 밤사이에 다시 돌아와 있다니 매우 이상한 일이로구나."

그러고는 또 다른 창고를 열어 보았다. 이곳 역시 뱀들이 사라지고 예전과 같이 돈이 가득 차 있었다. 임금은 크게 기뻐하며 우치의 도술로 이런 변화가 일어났음을 짐작했다.

이때 간의대부*가 임금에게 아뢰었다.

"얼마 전 이상한 이야기를 들었습니다. 충청도 지방에서 사오십 명이나 되는 사람들이 모여서 역모를 꾸미고 있다는 것입니다."

임금이 깜짝 놀랐다.

"아니, 그런 일이 있단 말이냐! 과인의 덕이 부족해 반역자들이 생겼구나. 이를 어찌하면 좋단 말이냐?"

"서둘러 진압하지 않으면 일이 더욱 커질 수 있습니다. 어서 잡아들이라는 명을 내리소서."

"그리하라."

임금은 병사들을 보내 곧바로 그들을 잡아 오도록 했다. 그리고 몸소 그들을 심문했다. 역적 중 한 사람이 말했다.

"임금은 도탄*에 빠진 백성들이 보이지 않으시오? 우리는 그저 전우치 님을 새로운 임금으로 삼으려 했을 뿐이오. 그분이야말로 백성을 인간답게 살 수 있도록 해 줄 것이니 말이오. 이제 일이 발

---

* **간의대부** 임금에게 옳지 못하거나 잘못된 일을 고치도록 말하는 일을 맡아보던 벼슬.
* **도탄** 진구렁에 빠지고 숯불에 탄다는 뜻으로, 몹시 가난하여 고통스러운 지경을 이르는 말.

각됐으니 더 이상 말할 것도 없소. 부디 죽여 주시오."

이때 우치는 문사낭청*으로 임금과 함께 그 자리에 있었는데, 생각지도 않게 역모를 꾀한 자들의 우두머리로 몰리게 되었다. 임금은 전후 사정을 묻지 않고 화를 내며 소리쳤다.

"전우치 네 이놈! 죄를 용서하고 벼슬을 내렸더니 오히려 역모를 꾸몄구나. 여봐라! 어서 저놈을 묶고 매를 쳐라."

병사들은 우치에게 달려들어 그를 묶었다. 그리고 있는 힘을 다해 내리치려고 했다. 그런데 갑자기 팔이 무거워져서 매를 들 수 없었다. 전우치가 외쳤다.

"억울하옵니다! 신은 결코 그런 마음을 품은 적이 없습니다."

그러고는 마음속으로 생각했다.

'이것은 틀림없이 나를 해치려는 자들의 짓이구나. 분하다.'

우치는 이를 부득부득 갈다 한 가지 꾀를 생각해 냈다.

"저에게는 아주 뛰어난 재주가 있습니다. 다만 그것을 써 보지 못하고 죽으면 내내 한이 될 것 같습니다. 임금께선 저를 벌하기 전에 소원을 하나만 들어주소서."

"어떠한 재주더냐?"

"저는 그림을 잘 그립니다. 나무를 그리면 실제로 나무가 자라

* **문사낭청** 죄인을 심문할 때 기록과 낭독을 맡아보던 임시 벼슬.

고, 짐승을 그리면 살아나 움직입니다. 산을 그리면 봉우리가 우뚝하고 풀과 나무가 가득한 명산이 되지요. 이런 뛰어난 그림을 세상에 단 한 점도 남기지 못한다면 무척이나 한스러울 것입니다."

임금이 다시 생각했다.

'과연 그 재주가 궁금하구나. 게다가 이놈의 소원을 풀어 주지 않고 죽이면 훗날 후회할 수도 있겠다.'

임금은 우치에게 붓과 종이를 주도록 했다. 우치는 바닥에 앉아 산수화를 그렸다. 첩첩이 겹쳐진 골짜기와 수많은 산봉우리, 거대한 폭포, 버들가지가 늘어진 시냇가 - 보는 것만으로도 환상적이고 아름다운 풍경이었다. 우치는 마지막으로 산 아래에 안장을 얹은 나귀를 그려 넣었다. 그러더니 별안간 붓을 던지고 임금에게 절을 네 번 했다. 이를 이상하게 여긴 임금이 물었다.

"갑자기 절을 하는 이유가 무엇이냐?"

"하직 인사이옵니다. 신은 이제 산속으로 들어갈 것입니다."

대답을 마치자마자 우치는 그림 속 나귀 등에 올라 산속으로 들어가 버렸다. 임금은 또다시 우치의 꾀에 속은 것을 알고는 화를 참을 수 없었다.

"뭣들 하느냐? 어서 녀석을 찾아라!"

하지만 다들 허둥지둥할 뿐, 아무도 전우치를 찾을 수 없었다.

•

"자네는 내 모습을 한 자들을 모두 죽이자고 했지. 그 점이 무척 괘씸하여

자네를 혼내 주고자 했으나, 내 평생에 살생은 하지 않았다네.

이제 자네를 놓아줄 테니 마음을 나쁘게 쓰지 말게나."

•

못된 중과 왕연희를 혼내 주다

우치는 집으로 돌아와 어머니께 그간의 일들에 대해 말씀드렸다. 어머니는 몹시 놀라며 우치를 크게 꾸짖었다.

"이제부터는 몸을 감추고 다시는 조정에 나아가지 말거라. 네가 임금님을 속였으니 그 죄는 용서받지 못할 것이다. 죽은 뒤에 무슨 면목으로 조상님을 뵈려 하느냐?"

우치는 어머니의 당부를 따르기로 했다. 그리하여 산속에서 조용히 글을 읽으며, 가끔씩 나귀를 타고 경치를 구경 다녔다.

어느 날 산길을 오르던 중이었다. 우치는 젊은 중이 어여쁜 여인을 데리고 절 안으로 들어가는 것을 보았다.

잠시 후 산을 내려오는데 길옆에서 바스락거리는 소리가 들렸다. 무슨 일인가 살펴보니, 아까 본 그 여인이 나무에 목을 매고 스스로 목숨을 끊으려 했다.

"아니, 이게 무슨 일인가!"

우치는 급히 달려가 줄을 풀고, 여인의 손발을 주물러 깨어나게 했다. 잠시 후 여인이 정신을 차렸다. 우치가 어찌 된 일인지 묻자, 여인은 눈물을 흘리며 망설이다가 입을 열었다.

"아까 저와 같이 가던 중은 제 남편이 살아생전에 가까이 지냈던 사람이었습니다. 오늘이 남편의 제삿날인데, 자기 절에서 함께 제사를 지내자고 하더군요. 저는 조금도 의심하지 않고 그를 따라갔어요. 그런데 갑자기 저를 위협하며 범하였기에 그동안 지켜 온 절개를 잃고 말았습니다. 저는 더 이상 살아갈 마음을 잃었습니다. 그랬기에 자결하고자 한 것입니다."

이야기를 들은 우치는 여인을 위로하며 집으로 돌려보냈다. 그러고는 그 중을 혼내 주고자 절로 향했다.

절에 도착하니 중이 낮잠을 자고 있었다. 우치는 주문을 외워 중을 자신의 모습으로 변하게 했다. 그때 마침 포도대장이 절에 왔다가 중을 보고는 우치로 생각해 급히 태수에게 알렸다. 태수는 기뻐하며 병사들을 보내 중을 잡아다가 궁궐로 보냈다.

임금은 전우치가 잡혔다는 말에 서둘러 뛰어나왔다. 그때 한 신하가 아뢰었다.

"지금 전국에서 잡아들인 전우치가 361명이나 됩니다. 이는 전우치의 도술이라고 생각됩니다."

이야기를 들은 임금은 죄인들을 어떻게 할지 망설였다. 그러자 신하 중 왕연희라는 자가 나서서 아뢰었다.

"전우치의 속임수는 예측할 수 없으니, 이번에도 안심할 수 없습니다. 이 중에 진짜가 있을지도 모릅니다. 그러니 모두를 벌하는 게 좋을 듯합니다."

"그 말이 옳도다."

임금은 이날부터 모든 전우치를 잡아들여 차례로 벌을 내렸다. 그러던 중 한 죄인이 반항하며 소리 질렀다.

"저는 정말 전우치가 아닙니다!"

임금이 자세히 살펴보니 분명 전우치가 아닌 것 같았다.

"아무래도 넌 전우치가 아닌 것 같구나."

그러나 왕연희를 비롯한 모든 신하는 그가 전우치가 틀림없다고 주장했다. 임금은 문득 깨달아 크게 탄식했다.

"아, 내가 전우치 한 명을 없애기 위해 죄 없는 백성들을 죽이고 있구나!"

그 뒤로는 죄인에게 형벌을 내리는 일을 그만두었다.

한편 우치는 구름 위에서 이 모든 상황을 지켜보며 생각했다.

'저 왕연희라는 놈이 괘씸하구나! 어디 두고 보자.'

우치는 곧장 왕연희로 변신한 뒤 궁궐 밖으로 나왔다. 그러자 하인들은 아무런 의심 없이 우치를 왕연희라고 생각해 집으로 모시고 갔다.

왕연희의 집에 도착한 우치는 곧바로 안채로 들어가 부인을 비롯한 집안사람들과 어울렸다. 하지만 아무도 그가 가짜라는 걸 눈치채지 못했다.

그 시각, 궁궐을 나온 진짜 왕연희는 집으로 돌아가려고 하인들을 찾았지만 한 명도 보이지 않았다. 그는 할 수 없이 관아의 말을 빌려 타고 집으로 돌아왔다.

집에 도착했을 때 마침 하인들이 문 앞에서 노닥거리고 있었다. 왕연희는 자기를 데리러 오지도 않고 낄낄대며 노는 그들을 보자 화가 났다. 그러나 하인들은 오히려 어리둥절해했다.

"아니, 소인들이 이미 상공을 모시고 돌아왔는데 어찌 여기 계시는 겁니까?"

왕연희는 이상하게 생각하며 마당에 들어섰다. 그러자 이번에는 시비*들이 깜짝 놀라 물었다.

“아니, 상공께서는 아까 안채에 들어가시지 않으셨습니까?”

왕연희는 이상하게 생각하며 안채로 들어가 보았다. 과연 또 다른 왕연희가 부인과 다정하게 이야기를 나누고 있었다. 왕연희는 몹시 화가 나 크게 소리쳤다.

“너는 어떤 놈이기에 내 집까지 들어와 있는 것이냐!”

말을 마친 왕연희는 하인들에게 큰소리로 호령하며 저자를 빨리 묶으라고 했다. 그러자 우치가 도리어 화를 내며 소리쳤다.

“너야말로 어떤 놈이기에 내 모습을 하고 겁도 없이 여기에 들어왔느냐? 이런 해괴한 일이 다 있다니! 여봐라, 이자는 사람으로 변신한 요물임이 분명하다. 당장 잡아들여라!”

한편 하인들은 누가 진짜 왕연희인지 가려낼 수 없어 어찌할 바를 몰랐다. 그러자 우치가 먼저 호령했다.

“내 예전에 들으니 사람으로 변신한 요물은 오래가지 못한다고 했다.”

---

* **시비** 곁에서 시중을 드는 계집종.

우치는 물 한 사발을 머금은 뒤, 왕연희를 향해 뿜었다. 그러자 왕연희가 구미호로 변했다.

"저, 저런! 바로 저놈이 가짜로구나!"

하인들은 몽둥이를 들고 구미호에게 달려들었다.

"잠깐 멈춰라!"

전우치는 모두를 말리며 말했다.

"이 일은 큰 사건이니 나라에 먼저 알리는 것이 좋겠다. 우선은 저것을 단단히 동여매어 창고에 가둬라."

하인들은 우치의 명령대로 여우로 변한 왕연희를 묶고 가뒀다. 왕연희는 말하고 싶어도 여우 소리밖에 나오질 않았다. 정신이 어질하여 그저 눈물만 흘릴 뿐이었다.

한편, 우치는 왕연희를 저대로 두면 곧 죽을 것이라고 생각해 다음 날 새벽에 몰래 찾아갔다.

"나는 자네에게 원한이 없네. 한데 자네는 내 모습을 한 자들을 모두 죽이자고 했지. 그 점이 무척 괘씸하여 자네를 혼내 주고자 했으나, 내 평생에 살생은 하지 않았다네. 이제 자네를 놓아줄 테니 마음을 나쁘게 쓰지 말게나."

그러고는 주문을 외워 왕연희를 원래 모습으로 되돌려 놓았다. 그는 허리를 조아리며 말했다.

"공의 높은 재주를 모르고 잘못을 저질렀습니다."

우치는 집안사람들이 놀랄 것을 걱정해 왕연희에게 당부의 말을 남기고는 남쪽으로 떠났다. 날이 밝자 왕연희는 하인들을 불러 명령을 내렸다.

"그 요괴가 잘 있는지 한번 살펴보고 오너라."

하인들이 창고에 갔더니, 구미호는 온데간데없었다. 다들 놀라 이 사실을 알리자 왕연희는 화가 난 척하며 하인들을 꾸짖었다.

우치는 절로 되돌아가 보았다. 중은 궁궐에서 풀려났지만 여전히 우치의 모습을 하고 있었다. 우치가 중을 향해 물을 뿜고 주문을 외웠다. 그러자 중은 본래의 모습으로 돌아왔다. 우치는 중을 크게 꾸짖었다.

"너는 부처님의 가르침에 따라 살고자 하는 자 아니더냐? 그런데 수절*하는 여인을 함부로 범해 스스로 목숨을 끊으려 하도록 만들었구나. 그 죄는 만 번 죽어도 모자라다."

전우치의 호령에 중은 몸을 덜덜 떨며 어쩔 줄 몰라 했다.

"내 너의 모습을 바꿔 죽게 하려 했다. 하나 살생은 옳지 못한 것이니 한 번 더 기회를 주겠다. 다시는 그런 행동을 하지 말거라."

그제야 중은 눈물을 뚝뚝 흘리며 잘못을 깊이 뉘우쳤다.

* **수절** 정절을 지킴.

●

갑자기 족자 속의 미인이 대답하고는 그림 밖으로 나왔다.

모두들 놀라서 어리둥절해하자 우치가 다시 말했다.

"여기 있는 분들께 술 한 잔씩 따라 드려라."

●

신기한 **족자 소동**을 벌이다

집으로 돌아오는 길에 우치는 젊은 선비들 몇 명이 모여 있는 것을 보았다.

"무슨 일이기에 다들 모여 있소?"

우치가 궁금해서 묻자 그들은 한 족자를 가리키며 말했다.

"이 그림 좀 보시구려. 대단하지 않소?"

"맞아, 맞아. 세상에 이런 그림이 어디 있담."

우치가 자세히 살펴보니 그것은 아이를 안고 있는 미인도였다. 그림 속 여인의 눈동자는 반짝였고, 입술은 저녁노을처럼 붉게 물들어 생기가 넘쳤다. 우치가 물었다.

"저 그림이 무슨 명화라고 그리들 호들갑인가?"

그러자 오생이라는 자가 답했다.

"아니, 눈이 너무 높은 것 아니오? 그게 아니라면 세상 물정*
모르는 소리 마시구려. 이 여인은 살아 있는 사람처럼 곧 말을 할
것 같고, 눈도 별빛처럼 반짝이는데 어찌 명화가 아니겠소?"

그 말을 들은 우치는 웃음을 참을 수 없었다.

"하하, 정말로 그런지는 잘 모르겠소. 그런데 이 그림은 얼마
요?"

그러자 오생이 답했다.

"50냥은 되지요. 그림의 훌륭함에 비하면 이건 턱없이 적은 값
이오."

그러자 우치가 소매 안에서 족자를 꺼내며 말했다.

"나에게도 그림이 하나 있는데 다들 한번 보시구려."

우치가 꺼낸 족자에는 머리에 화관*을 쓰고, 초록 저고리에 붉
은 치마를 곱게 차려 입은 여인이 그려져 있었다. 그 모습이 너무
나 아름다워 절세가인*이라 할 만했다.

"이야! 이 그림도 무척이나 훌륭하구려."

---

* **물정** 세상의 이러저러한 실정이나 형편.
* **화관** 아름답게 장식한 관.
* **절세가인** 세상에 견줄 만한 사람이 없을 정도로 뛰어나게 아름다운 여인.

"그런데 정말로 살아 움직일 것처럼 생생하네!"

다들 칭찬을 아끼지 않자 우치는 빙긋 웃으며 말했다.

"그대들의 족자가 좋긴 해도 이 족자만 못하니 이제 한번 보시오."

말을 마친 뒤 우치는 그림을 향해 외쳤다.

"주선랑은 어디 있느냐?"

"네, 주인님. 여기 있습니다."

갑자기 족자 속의 미인이 대답하고는 그림 밖으로 나왔다. 모두들 놀라서 어리둥절해하자 우치가 다시 말했다.

"여기 있는 분들께 술 한 잔씩 따라 드려라."

"네. 알겠사옵니다."

주선랑은 공손히 대답하고 모든 이들에게 술을 따라 주었다.

"이야, 이건 무슨 술이오? 은은한 향이 입에 착 감기는구려!"

술맛이 뛰어나 다들 감탄을 금치 못했다. 주선랑은 술상을 들고 다시 그림 속으로 들어갔다.

"지금 요술을 부리는 것도 아니고, 꿈을 꾸고 있는 것도 아니야. 이 그림이야말로 세상에 비할 데 없이 귀하고 신기한 물건이로군!"

사람들은 칭찬을 아끼지 않았다. 오생이 우치에게 말했다.

"방금 마신 술이 양에 차지 않소이다. 주선랑에게 술을 더 달라고 해 봐도 되겠소?"

전우치가 고개를 끄덕이자, 오생은 주선랑을 불렀다.

"주선랑아, 우리가 술이 부족하니 좀 더 마시고 싶구나."

그러자 주선랑은 조금 전과 같이 술병을 들고 나와 술을 따라 주었다.

"오늘 훌륭하신 분을 만나 좋은 술을 얻어 마시고 신기한 일도 보았으니 행운이로세."

사람들은 기분이 좋아져서 칭찬을 계속했다. 그러자 우치가 태연하게 답했다.

"그림 속의 술을 마신 게 뭐 그리 대단한 일이오? 허허."

오생이 조심스레 우치에게 물어보았다.

"혹시나 이 족자를 나에게 팔지 않겠소?"

"그렇지 않아도 가지고 싶다는 사람이 있으면 팔려고 했소이다."

우치의 대답에 오생은 크게 기뻐하며 그림값을 물어보았다. 그러자 우치가 대답했다.

"술병을 가진 이는 하늘 나라의 주선랑이오. 또 이 술은 아무리 마셔도 평생 줄지 않을 것이니 매우 귀한 보물이라오. 그러니 천냥은 받아야겠소."

"음…… 이런 보물이라면 값은 얼마여도 상관없습니다. 저희 집으로 함께 가시는 것이 어떻습니까?"

"좋소이다."

그리하여 우치는 오생과 함께 그의 집에 가서 족자를 건네주며 말했다.

"그림은 먼저 드리겠소. 내가 내일 다시 올 것이니 족자값을 준비해 두시오."

우치가 돌아가자 오생은 벽에 족자를 걸어 두고 주선랑을 불러

술을 마셨다. 어느 정도 술이 취해서 보니 주선랑의 모습이 더욱 아름다웠다. 오생은 그 모습을 바라보며 술잔을 들었다.

그때 갑자기 문이 벌컥 열리더니 오생의 아내 민씨가 방에 들어왔다. 그녀는 한밤중에 남편이 여인과 함께 있는 모습을 보자 화가 머리끝까지 치밀었다.

"아니, 어떤 년인데 이 밤중에 내 남편과 함께 있는 거냐!"

부인은 칼을 들고 달려들었다. 깜짝 놀란 주선랑은 서둘러 그림 속으로 들어가 버렸다. 화가 난 부인은 족자를 그 자리에서 갈기갈기 찢어 버렸다. 말릴 사이도 없이 너무나도 순식간에 벌어진 일이었다.

오생은 깜짝 놀라 말했다.

"아아! 이 족자는 내가 사려고 잠시 갖고 있었던 것이오. 내일 그림값을 주기로 했는데 어떡하려고 그러오?"

"흥! 그야 내 알 바 아니지요. 게다가 이런 그림은 판 사람이 잘못이지요."

민씨 부인은 지지 않고 큰소리치며 화를 냈다.

다음 날 우치가 오자 오생은 어젯밤 있었던 일을 이야기했다. 우치는 이야기를 다 듣고는 아무 말 없이 밖으로 나가 주문을 외웠다. 그러자 사랑방에 있던 부인이 커다란 구렁이로 변해 방 안을 가득 채웠다. 부인이 아무리 말하려 해도 말이 나오지 않았고, 일어나려고 해도 몸을 움직일 수 없었다.

한편 이 사실을 알지 못하는 오생이 우치에게 말했다.

"어쨌든 이렇게 된 건 모두 내 잘못이오. 족자는 이미 찢어졌지만 그림값은 치르겠소."

그러자 우치는 고개를 끄덕이며 말했다.

"그 전에 알아 두어야 할 게 있소. 그대를 위해 족자를 두고 갔으나 이 보물을 없애 버렸으니 그대를 만난 것이 내겐 불행이었소. 이제 그대의 집에 큰 변괴*가 닥칠 것이오."

"아니, 무슨 변괴란 말이오?"

오생이 놀라서 묻자 우치가 답했다.

"그대의 집에 천 년 묵은 구렁이가 올 것이오."

"헉, 어찌하여 내 집에 구렁이가 온단 말이오?"

"그대의 부인이 내 족자를 찢어서 요얼*이 된 것이니, 믿지 못하겠다면 사랑방 문을 열고 한번 보시오."

오생은 서둘러 방문을 열어 보았다. 과연 아내는 온 데간데없고 커다란 구렁이만 방 안에 엎드려 있었다.

* **변괴** 이해할 수 없는 일이나 사건.
* **요얼** 요사하고 악독한 귀신의 재앙 또는 그 징조.

오생은 얼굴빛이 하얗게 되어 우치에게 말했다.

"구, 구렁이가 정말로 있소! 그런 것이 집 안에 있다니 어찌 된 일이오? 내 그것을 죽여 없애겠소!"

그러자 우치는 오생을 말렸다.

"안 되오. 그 요괴는 천 년 묵은 정령이오. 만일 죽이면 더 큰 화가 닥칠 것이오. 내가 부적을 한 장 써서 구렁이의 몸에 매어 두겠소. 그러면 오늘 밤에 저절로 사라질 것이오."

우치는 부적을 꺼내 구렁이의 몸에 붙였다. 그리고 오생에게 절대로 문을 열어 보지 말라고 당부한 뒤 돌아갔다.

다음 날 아침 우치는 다시 오생의 집으로 갔다. 민씨 부인은 여전히 구렁이의 모습을 하고 있었다. 우치는 남편을 밖으로 내보낸 뒤, 민씨 부인을 꾸짖으며 말했다.

"너는 평소에 남을 업신여기고 성질이 급해 분란을 자주 일으켰다더구나. 네가 찢은 족자가 얼마나 귀한 것인지 아느냐? 내가 그 죄를 물어 너를 더욱 고통스럽게 만들 수도 있다. 하나 네가 잘못을 뉘우치고 행실을 고친다면 원래의 모습으로 돌아가게 해 주겠다. 어떻게 하겠느냐?"

민씨 부인은 아무 말도 하지 못하고 고개를 끄덕이며 눈물을 흘렸다. 우치가 주문을 외우자 허물이 벗겨지더니 부인은 원래의 모

습으로 돌아왔다. 그녀는 우치에게 고마움을 전하며 잘못을 뉘우
쳤다.

•

"네 이놈! 하찮은 인간 주제에 도술로 지상을 어지럽히니 그 죄가 크도다.

게다가 과부의 굳은 절개를 꺾으려 하니,

어찌 하늘이 가만 있겠느냐?"

•

강림 도령에게
혼쭐이 나다

우치는 집으로 돌아오다가 예전에 함께 공부했던 양봉안이란 친구를 찾아갔다. 그러나 양생은 병이 들어 누워 있었다. 우치가 증세를 묻자 양생은 힘겹게 입을 열었다.

"나도 모르겠네. 밥은커녕 물조차 못 마신 지 오래되었네."

우치는 양생의 진맥을 짚어 보고 다시 말했다.

"예끼 이 사람아! 몸이 아픈 게 아니라 마음이 아픈 게로군. 이 병은 그리움이 깊어 생긴 병이라네. 아니, 누구 때문에 이렇게까지 되었는가?"

그러자 양생은 고개를 끄덕이며 말했다.

"자네를 속일 순 없군. 그 말이 맞네. 남문 안쪽 현동에 정 씨란 과부가 있다네. 전에 그 집 앞을 지나다가 우연히 그녀를 보았지. 아, 고운 눈썹과 앵두 같은 입술, 그리고 부드러운 손길…… 그 모습이 눈앞에 아른거려 도무지 견딜 수가 없다네."

양생은 잠시 말을 멈추었다가 다시 이어 나갔다.

"내 생전에 그렇게 아름다운 여인은 본 적 없었지. 낮에도 밤에도 온통 그녀 생각뿐이라네. 그러니 어찌하면 좋단 말인가?"

그러자 전우치는 대답했다.

"아니, 그렇다면 매파*를 보내 혼인할 뜻을 전하면 되지 않은가?"

"아닐세. 소용없을 거네. 지금껏 수많은 매파들이 그녀에게 혼인의 뜻을 전했지만, 모두 거절당했다네. 그 여자의 절행*이 깊어서 혼인 이야기를 꺼냈다가 도리어 욕만 들었다네."

고개를 떨구는 친구를 보며 우치는 딱한 마음이 들었다.

"흠, 그렇다면 내가 자네를 위해 그 여자를 데려오겠네."

양생은 고개를 저으며 말했다.

"그 뜻은 고맙네. 하나 자네가 아무리 재주가 뛰어나도 그 여자는 데려오지 못할 것이네. 그러니 부질없는 생각은 하지 말게나."

---

* **매파** 혼인을 중매하는 할멈.
* **절행** 절개를 지키는 일.

그러나 우치는 염려 말라며 친구를 안심시킨 뒤, 구름을 타고 그곳을 떠났다.

한편 정 씨는 일찍이 과부가 된 뒤로 노모와 함께 지내고 있었다. 그녀가 방 안에 앉아 있는데, 갑자기 밖에서 자신을 부르는 소리가 들렸다.

"주인 정 씨는 나와서 옥황상제의 명을 받아라."

정 씨가 서둘러 나가 보니 집 주위가 온통 구름에 휩싸여 있었다. 그리고 그 속에서 붉은 도포를 입은 신선 한 명이 천천히 걸어 나왔다. 깜짝 놀란 정 씨가 노모에게 이 사실을 알리자, 노모는 서둘러 신선을 맞이했다. 모녀가 뜰에 엎드리자 우치가 말했다.

"고개를 들라."

두 여인은 천천히 고개를 들었다. 우치는 아주 근엄한 표정으로 말했다.

"정 씨는 인간 세상의 재미가 어떻더냐? 이제 옥황상제의 명을 받들어 하늘에서 열리는 잔치에 참석하라."

이에 정 씨는 크게 놀라 물었다.

"저는 하찮은 인간일 뿐이옵니다. 제가 어찌 하늘 나라에 갈 수 있겠습니까?"

"어허, 인간 세상에서 오래 지내면서 천상의 일을 잊었구나. 그

렇다면 기억나도록 이 술을 마셔라."

우치는 술잔에 술을 가득 부은 뒤 정 씨에게 권
했다. 정 씨는 조심스럽게 술을 받아 마셨다. 그런데
곧장 어질해지더니 정신을 잃고 말았다. 우치는 정 씨를
구름으로 싸서 공중으로 올라갔다. 노모는 그 모습을 바라보
며 기도드릴 뿐이었다.

우치가 한참을 날아가는데, 갑자기 정 씨가 구름 아래로 떨어졌
다. 구름 문이 저절로 열린 것이다.

'아니, 갑자기 왜 이러지?'

깜짝 놀란 우치는 곧바로 내려가 주위를 살펴보았다. 하지만 딱
히 이상한 점은 보이지 않았다. 지상에는 가난하고 병든 사람들만
가득할 뿐이었다.

'문이 저절로 열리다니……. 참으로 이상한 일이로군.'

우치는 다시 구름을 부르려고 주문을 외웠다. 그때 한 아이가
나타나 우치에게 호통쳤다.

"네 이놈! 하찮은 인간 주제에 도술로 지상을 어지럽히니 그 죄
가 크도다. 게다가 과부의 굳은 절개를 꺾으려 하니, 어찌 하늘이

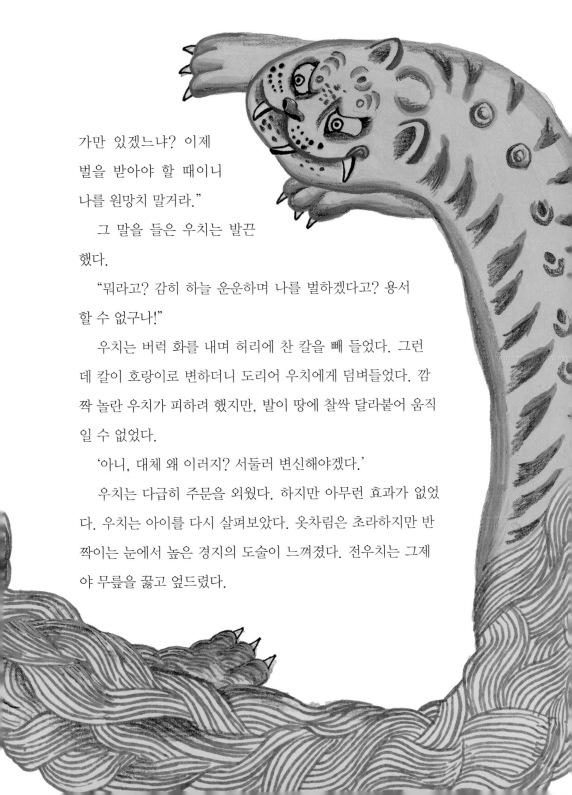

가만 있겠느냐? 이제
벌을 받아야 할 때이니
나를 원망치 말거라."

그 말을 들은 우치는 발끈
했다.

"뭐라고? 감히 하늘 운운하며 나를 벌하겠다고? 용서
할 수 없구나!"

우치는 버럭 화를 내며 허리에 찬 칼을 빼 들었다. 그런
데 칼이 호랑이로 변하더니 도리어 우치에게 덤벼들었다. 깜
짝 놀란 우치가 피하려 했지만, 발이 땅에 찰싹 달라붙어 움직
일 수 없었다.

'아니, 대체 왜 이러지? 서둘러 변신해야겠다.'

우치는 다급히 주문을 외웠다. 하지만 아무런 효과가 없었
다. 우치는 아이를 다시 살펴보았다. 옷차림은 초라하지만 반
짝이는 눈에서 높은 경지의 도술이 느껴졌다. 전우치는 그제
야 무릎을 꿇고 엎드렸다.

"소인이 선생을 몰라보았습니다. 제가 도술을 부린 건 권세를 가진 사람들이 가난한 백성들을 못살게 구는 것을 막기 위함이었습니다. 이번에 정 씨를 데려간 것도 병든 친구를 살리기 위해서였습니다. 하오니 부디 죄를 용서해 주소서."

전우치는 바닥에 엎드려 빌었다. 그러나 아이는 근엄한 목소리로 우치를 꾸짖었다.

"그대가 말 안 해도 나는 벌써 알고 있다. 하나 도술로 나라를 혼란에 빠뜨리는 건 허락되지 않는다. 너를 벌하려 했으나 네 늙으신 어머니를 생각해 이번만은 살려 주겠다."

"감사합니다."

"그리고 지금 즉시 정 씨를 집에 데려다주거라. 그대의 친구에겐 다른 배필이 생길 것이다. 그 여인 또한 성이 정씨이며 나이는 스물넷이고, 일찍이 부모를 여읜 채 홀로 가난하게 살아왔다. 하나 마음은 어진 사람이니 두 사람은 오래도록 함께할 것이다."

"예, 명심하겠습니다."

우치는 고마워하며 조심스럽게 상대방의 이름을 물었다.

"나는 강림 도령이다. 내가 이곳에 온 건 세상인심을 살피기 위함이니라. 정 씨를 데려다준 후 하늘 나라로 찾아오너라."

강림 도령은 말을 마친 후 하늘로 훌쩍 올라갔다. 우치는 정 씨를 구름에 태운 뒤 그녀의 집으로 돌아가 모친을 불렀다.

"아까 하늘 나라에 올라가 옥황상제께 인사를 드렸네. 하나 인간 세상에서 좀 더 시간을 보낸 후에 다시 올라오라고 하셨네. 그래서 되돌아왔으니 부디 지금처럼 올바르게 살도록 하라."

우치는 향기로운 알약을 꺼내 정 씨의 입에 넣었다. 잠시 후 정 씨가 깨어나 정신을 차렸다. 하지만 그동안 어떤 일이 벌어졌는지 기억하지 못했다.

우치는 강림 도령을 찾아가 정 씨를 대신할 여인의 거처를 물었다. 강림 도령은 그녀의 위치를 알려 주며 환영단을 한 알 주었다.

우치는 감사 인사를 드린 뒤, 곧바로 여인의 집에 찾아갔다. 아주 작은 초가집이었다. 안을 들여다보니 한 여인이 근심 가득한 얼굴로 홀로 앉아 있었다. 우치는 조심스레 다가가 정중히 인사했다.

"놀라지 마시오. 나는 중매를 위해 왔다오. 낭자의 가난한 처지는 이미 알고 있소. 그대가 마음이 어질고 곱다는 것도 말이오. 스물이 넘도록 혼인을 못 하였으니 얼마나 외롭겠소? 그렇기에 내 친구를 낭자와 맺어 주고 싶어서 온 것이오."

여인은 부끄러워 다소곳이 머리를 숙였다. 우치는 말을 이어 나갔다.

"내 친구는 양생인데 인물도 좋고 성품이 착하다오. 다만 정 씨라는 과부를 짝사랑해 병을 앓고 있다오. 마침 낭자도 성이 정씨인데다 나이도 같으니, 낭자가 내 친구와 혼인하면 좋지 않겠소?"

"하지만 친구 분이 사랑하는 건 정 씨라는 과부인데, 저와 다르지 않습니까?"

"만약 그대가 뜻이 있다면 그건 걱정하지 않아도 되오."

여인이 잠시 생각하고는 고개를 끄덕였다. 우치는 강림 도령에게 받은 환영단을 여인에게 먹인 후 주문을 외웠다. 그러자 여인은 정 씨란 과부와 똑같은 모습으로 바뀌었다.

"부탁을 들어주어서 고맙소. 이제 양생의 집으로 갈 것이니, 불편하더라도 조금만 참으시오."

우치는 여인의 얼굴에 보자기를 씌운 뒤 구름에 태웠다. 그리고 양생의 집으로 함께 날아갔다.

우치는 여인을 잠시 기다리게 한 뒤, 방으로 들어가 양생에게 말했다.

"과연 정 씨는 절개가 대쪽 같은 데다 성품도 차갑더군. 중매 제안을 단칼에 거절당했다네."

그 말을 들은 양생은 슬픈 목소리로 탄식했다.

"역시 자네의 재주로도 성사시키지 못했구먼. 그러니 내 병이 어떻게 낫겠는가?"

우치는 양생의 실망하는 모습을 보고는 속으로 웃으며 다시 입을 열었다.

"그래서 말인데……. 내가 정 씨는 데려오지 못했지만, 정 씨보다 열 배는 더 아름다운 미인을 데려왔다네."

하지만 양생은 고개를 저었다.

"내가 미인을 많이 보았지만 지금껏 정 씨 같은 인물은 없었다네. 농담하지 말게나."

"내 어찌 병든 사람을 놀리겠나? 지금 밖에 와 있으니 직접 나가 보면 알게 아닌가."

양생은 반신반의한 표정으로 마지못해 일어나 밖으로 나갔다. 그곳에는 정말로 아리따운 여인이 앉아 있었다.

"아니, 이럴 수가!"

여인의 얼굴은 가을 하늘의 달처럼 고왔고, 또렷한 눈매는 밤하늘에 빛나는 샛별 같았다. 양생이 좀 더 자세히 보니 여인은 자나깨나 그리워하던 정 씨와 꼭 닮아 있었다.

"이게 꿈인가, 생시인가?"

양생은 기뻐하며 입가에 환한 웃음을 머금었다.

"고맙네, 고마워! 자네 덕분에 살았네."

"아닐세. 자네가 고마워할 이는 바로 여기 계신 분이라네. 부디 두 분이서 행복하게 사시게나."

양생은 전우치의 손을 잡으며 감사한 마음을 전했다. 여인 역시 우치에게 머리 숙여 고마움의 뜻을 전했다.

●

"그동안 너는 얕은 재주만 믿고 세상을 혼란에 빠뜨렸다.

그러니 어찌 너를 용서하겠느냐?"

화담의 꾸짖음에 우치는 무릎을 꿇었다.

●

화담에게
가르침을 받다

우치는 집으로 돌아와 그동안 있었던 일을 어머니께 말씀드렸
다. 그리고 병든 친구를 살려 낸 일을 생각하며 내심 칭찬을 기대
했다. 하지만 부인은 우치를 조용히 꾸짖었다.

"병든 친구를 살리고자 한 마음은 좋다. 하나 강림 도령의 말처
럼 네 재주와 술법을 믿고 나라에 해를 끼친 건 아닌지 걱정이 되
는구나."

어머니의 말씀을 듣고 우치는 생각에 잠겼다.

'그래. 그동안 내가 어쭙잖은 술법으로 멋대로 행동했던 것 같
구나. 이제라도 훌륭한 스승을 찾아 가르침을 얻고 올바른 도리를
따라야겠다.'

그때부터 우치는 스승으로 삼을 만한 분을 찾아다녔다. 그러던 중 야개산에 화담(花潭)이란 도사가 살고 있다는 말을 들었다. 학문이 높고 고결한 정신을 지닌 그는 속세에 머무는 신선으로 칭송받는 인물이었다.

"그래. 그분을 찾아뵈어야겠어."

우치는 가르침을 얻고자 길을 떠났다.

한편 화담은 우치가 올 것을 미리 알고 시중드는 아이에게 일러
두었다.

"오늘 오후에 전우치란 분이 올 것이다. 그러니 집 안을 청소하
고 맞이할 준비를 해 놓아라."

우치는 산어귀에 도착해 유유히 걸었다. 그곳엔 소나무와 대나
무가 울창했고, 골짜기 사이로 시냇물이 잔잔히 흘렀다. 길옆으로
는 사슴이 뛰어다녔고, 공중에선 학이 춤을 추니 마치 사람이 살지
않는 별천지와 같았다.

우치가 숲 사이를 지날 때였다. 길 저편에서 한 아이가 나와 물
었다.

"선생께서 전우치란 분이십니까?"

우치는 놀라 되물었다.

"어떻게 나를 아는가?"

"아침에 저희 선생님께서 말씀해 주셨습니다."

우치는 기뻐하며 아이와 함께 길을 걸었다. 잠시 후 초가집이
보였고, 문 앞에는 하얀 수염을 기른 화담 선생이 나와 있었다. 우
치는 예를 갖춰 인사 올렸다.

"소인은 선생의 높은 이름을 듣고 왔사옵니다. 부디 가르침을
주시기 바랍니다."

그러자 화담은 겸손하게 말했다.

"그대가 내게 가르침을 받으러 왔다니 내가 더 영광이오. 내게 무슨 능력이 있다고 그런 과찬*을 하시오? 오히려 그대야말로 술법이 높아 모르는 게 없다고 들었소. 마침 한번 보고자 했는데 이제야 만나니 천만다행이오."

화담도 우치를 칭찬하며 미소를 지었다.

"밖에서 이러지 말고 안에 들어가 술이나 한잔 하시구려."

"감사합니다."

화담은 우치를 방 안으로 데려갔다. 그러고는 칼을 꺼내 벽에 꽂으니 술이 흘러나와 항아리가 금세 찼다. 잠시 후 문에 걸린 족자에서 고운 옷을 입은 선녀가 잘 차린 주안상을 들고 나왔다. 그녀는 우치 앞에 상을 놓고 잔을 들어 술을 권했다. 우치가 술을 받아 마시니 무척이나 향기로웠다.

"소인이 선생 덕분에 귀한 술과 진수성찬을 맛봅니다. 참으로 감사드립니다."

그러자 화담이 웃으며 대답했다.

"그대는 어찌 이 같은 박주*에 그런 칭찬을 하오?"

이렇듯 서로 좋은 말을 하며 한참 동안 술잔을 주고받았다. 그

* **과찬** 지나친 칭찬.
* **박주** 맛이 좋지 못한 술이나 남에게 대접하는 술을 겸손하게 이르는 말.

때 갑자기 한 선비가 방문을 열고 들어왔다. 그러더니 우치를 향해 물었다.

"앉아 있는 손님은 누구시오?"

"이분은 전우치라 하네."

화담이 대신 대답하고는 우치를 향해 말을 꺼냈다.

"이쪽은 내 아우 용담이오. 아우가 손님 대접에 예의가 없으니 내가 대신 사과하겠소. 부디 용서하시오."

"아닙니다. 괜한 말씀입니다."

우치는 눈을 들어 용담을 살펴보았다. 부리부리한 눈에 우뚝 솟은 코는 강렬한 인상을 주었다. 또한 체격이 크고 당당해서 다가가기 어려운 느낌이었다. 용담이 우치에게 말했다.

"당신이 바로 전우치 선생이구려. 뛰어난 재주를 가졌다고 예전부터 들었는데 오늘에야 만나게 되었소. 도술이나 한번 구경해 보고 싶소이다."

"제가 무슨 도술을 할 줄 알겠습니까?"

우치가 거절했지만, 용담은 굽히지 않고 계속 간청했다. 우치는 할 수 없이 주문을 외웠다. 그러자 용담이 쓴 갓이 뿔이 셋 달린 소의 머리로 변했다. 소는 입을 헤 벌리고는 눈을 씰룩이다가 바닥에 떨어졌다. 그 모습을 본 용담은 화가 나 즉시 우치를 향해 주문을 외웠다. 그러자 이번에는 우치의 갓이 돼지머리가 되어 어금니를

드러냈다.

'오호라. 이 사람은 재주가 비상하니 한번 겨루어 볼 만하구나.'

우치는 얼른 주문을 외워 돼지머리를 세 갈래의 긴 창으로 바꿨다. 용담 또한 소머리를 큰 칼로 바꿨다. 이윽고 두 사람은 창과 칼을 번쩍이며 재주를 겨뤘다. 하지만 승부는 좀처럼 나지 않았다.

'소문대로 제법이구나. 그럼 이건 어떠냐?'

용담은 들고 있던 부채를 휙 던지며 주문을 외웠다. 칼과 부채가 어우러져 적룡과 청룡이 되었다. 우치도 지지 않고 쥐고 있던 선초*를 던졌다. 그러자 창과 선초가 어우러져 백룡과 흑룡이 되었다. 마침내 네 마리의 용이 뒤섞여 싸우니 온 천하에 벼락 치는 소리가 진동했다.

한편 이 모습을 지켜보던 화담은 생각했다.

'두 사람이 재주를 다투다가는 끝이 나지 않겠구나.'

화담은 주문을 외우고 방에 있던 연적*을 공중에 던졌다. 그러자 네 마리 용들은 모두 땅에 떨어져 원래의 모습으로 돌아왔다. 우치는 갓과 선초를 집은 후 아무 일도 없었다는 듯이 자리에 앉았다. 하지만 용담은 분이 풀리지 않은 듯 씩씩거렸다.

* **선초** 부채고리에 매어 다는 장식품.
* **연적** 벼루에 먹을 갈 때 쓰는 물을 담아 두는 그릇.

우치는 둘에게 작별 인사를 드렸다.

"오늘 분에 넘치게 재주를 겨루었습니다. 제가 사과드리지요."

우치를 보낸 뒤 화담은 용담을 꾸짖었다.

"너는 청룡과 적룡을 내고, 우치는 백룡과 흑룡을 내었다. 이는 오행*을 이르는 것이다. 청룡은 나무이며 적룡은 불이고, 백룡은 쇠이며 흑룡은 물이다. 너는 나무가 쇠를 이길 수 없고 불이 물을 이길 수 없다는 걸 몰랐느냐? 그러고도 어리석게 손님과 겨루려고 했느냐?"

"모든 게 제 잘못입니다."

용담은 잘못을 빌었다. 하지만 마음속으로는 우치에 대한 분이 풀리지 않았다.

사흘 뒤 우치가 다시 화담을 찾아오자 화담이 물었다.

"내 그대에게 청할 일이 있는데 들어줄 수 있소?"

"무슨 일이십니까?"

"다름이 아니라 남해 가운데에 화산(火山)이라는 큰 산이 있소. 그 산에는 내가 어릴 적 스승으로 모셨던 운수 선생이란 도인이 살고 계시네. 선생께서 내게 여러 번 편지를 보내셨는데, 지금껏 답장을 쓰지 못했소. 혹시 그대가 내 대신 다녀올 수 있겠소?"

---

* **오행** 우주 만물을 이루는 다섯 가지 원소로, 쇠(金), 물(水), 나무(木), 불(火), 흙(土)을 가리킴.

"물론입니다. 언제든지 말씀만 하십시오."

우치는 흔쾌히 허락했다. 화담이 다시 말했다.

"그런데 조금 걱정이 되는구려. 화산은 바다 한가운데 있어서 쉽게 다녀오지 못할 것이오."

그러자 우치가 자신 있게 답했다.

"소생이 비록 재주는 없지만 그쯤이야 어렵지 않게 다녀올 수 있습니다."

하지만 화담이 여전히 우치를 믿지 못하는 듯했다. 우치는 속으로 자신을 깔본다고 생각해 오기가 생겨 말했다.

"만일 열흘 내로 다녀오지 못한다면 다시는 이곳 밖으로 나가지 않겠습니다."

그제야 화담은 편지를 써 주며 말했다.

"그럼 어서 가 보시게. 행여 실수하지 않을까 걱정되는구려."

우치는 편지를 받은 뒤 보라매로 변해 바다로 향했다. 그런데 얼마쯤 날아가다 보니 난데없이 그물이 앞을 가로막고 있었다.

'에잇, 저건 뭐지?'

우치는 높이 날아 그물을 넘어가려고 했다. 하지만 그물 역시 계속 높아지며 앞을 가렸다. 아무리 높게 올라가도 그물이 따라와 마침내 하늘까지 닿았다.

'끝까지 통과시키지 않겠다는 게로군. 그렇다면 다른 방법을 써

야지.'

우치는 모기로 변해 그물 구멍으로 빠져나가려고 했다. 그러자 그물은 거미줄로 변해 우치를 덮쳤다. 열흘 동안이나 거미줄에 매달려 있던 우치는 어쩔 수 없이 화산까지 가는 것을 포기하고 돌아왔다.

바다에서 고생했던 이야기를 들은 화담은 껄껄 웃으며 말했다.

"그대가 다녀오겠다고 장담했으나 결국 가지 못했네. 이제부턴 약속대로 이곳 밖으로는 나가지 못하겠지."

'설마!'

우치는 급히 달아나려 했지만, 화담이 이를 눈치채고 살쾡이로 변해 달려들었다. 깜짝 놀란 우치가 보라매로 변해 날아가려고 하자, 화담은 다시 독수리로 변해 우치를 잡아 쓰러뜨렸다.

"그동안 너는 얕은 재주만 믿고 세상을 혼란에 빠뜨렸다. 그러니 어찌 너를 용서하겠느냐?"

화담의 꾸짖음에 우치는 무릎을 꿇었다.

"제가 스승님의 높은 재주를 몰라보고 주제넘게 행동했습니다. 지은 죄가 크니 죽어 마땅하지만 소생에게는 늙으신 어머니가 계십니다. 그러니 부디 목숨만은 살려 주십시오."

화담은 우치의 말을 듣고는 다시 입을 열었다.

"내 이번에는 너를 살려 주겠다. 이제부터는 제멋대로 행동하지 말고, 어머니를 잘 봉양하며 지내도록 해라. 어머니가 돌아가신 후에는 태백산에서 신선의 도를 닦는 게 어떻겠느냐?"

"스승님의 가르침대로 하겠습니다."

우치는 공손히 대답한 뒤 집으로 돌아왔다. 이후로는 더 이상 도술을 행하지 않으며 어머니를 모시는 일에만 힘썼다.

세월이 흘러 어머니가 돌아가시자 우치는 예를 갖춰 장례를 치렀다. 며칠 후 화담이 우치를 찾아왔다. 우치가 인사드리자 화담이 입을 열었다.

"모친상을 치르느라 고생이 많았네. 약속했듯이 이제 그대를 데려가려 하네. 살림살이를 정리하고 짐을 꾸리게."

우치는 감사해하며 어머니의 묘에 작별 인사를 올렸다. 그리고 화담을 따라 태백산으로 향했다. 그 후의 일은 아무도 알지 못한다고 한다.

전우치전

물음표로
따라가는
인문학 교실

고전으로 인문학 하기

고전을 읽으며 생겨나는 여러 질문에 답하며,
배경지식을 얻고 인문학적 감수성을 키워요.

고전으로 토론하기

고전을 다양한 시각으로 바라보며,
다르게 생각하는 힘을 길러요.

고전과 함께 읽기

함께 소개하는 다양한 작품을 통해,
인문학적 사고의 폭을 넓혀요.

고전으로 인문학 하기

●《전우치전》은 언제 쓰였을까?

> 새로 짜 낸 무명이 눈결같이 고왔는데
> 이방 줄 돈이라고 황두*가 빼앗아 가네
> 누전* 세금 독촉이 성화같이 급하구나
> 삼월 중순 세곡선*이 서울로 떠난다고

* **황두** 지방 관리.
* **누전** 토지 대장의 기록에서 빠진 토지.
* **세곡선** 세금으로 낸 쌀을 실은 배.

여러분이 오늘 아침에 새 무명(면포)을 짰습니다. 누렇게 바랜 어머니의 옷이 마음에 계속 걸렸거든요. 그래서 이참에 새 옷 한 벌 마련해 드리려고 합니다. 찬 바람에 춥지 않으시도록 솜도 두어 겹쯤 넣을까 해요. 옷을 만들고 남은 건 시장에 내다 팔아 애들한 테 줄 물엿이라도 살 생각이지요. 무명을 바라보며 이런저런 생각을 하니 마음이 기쁩니다.

그런데 그때 누군가 나를 부릅니다. 서둘러 밖으로 나가 보니 황두였지요. 그는 험상궂은 표정으로 '누전(漏田)' 세금을 내라고 독촉합니다.

아니, 토지 대장에 올라 있지도 않은 토지에 대해 세금을 내라니요? 무척이나 당황스럽습니다. 그런 세금은 낼 필요도 없고, 낼 돈도 없다고 항변해 봤지만 황두는 막무가내입니다. 그는 방 안으로 들어와 무명을 가져가 버립니다. 안 된다고 말리다가 오히려 내동댕이쳐졌지요. 그는 말합니다. 삼월 중순에 세곡선이 서울로 떠나는데 이거라도 가져가겠다고요. 성큼성큼 나서는 그의 뒷모습을 보며 두 손만 덜덜 떨 뿐입니다.

이 시는 정약용이 쓴 〈탐진촌요(耽津村謠)〉입니다. 탐진은 전라남도 강진인데, 그곳에서 불리던 노래를 뜻하지요.

만약 여러분이 이런 상황을 겪는다면 어떨까요? 무척이나 억울하고 원통할 겁니다. 요즘이라면 아마도 소송을 제기하거나, 언론사에 제보하겠지요.

하지만 당시엔 그러기 어려웠습니다. 이방과 황두, 그리고 소송을 담당하는 판관과 형리 모두 한통속인 경우가 많았거든요. 그러니 소송해 봤자 되레 더 큰 피해를 입을 수도 있었답니다.

《전우치전》이 쓰인 건 19세기 초반인데요. 당시엔 모든 게 혼란스러웠습니다. 11살의 순조(1790~1834)가 왕위에 올랐지만 왕권은 미약했지요. 당쟁*은 극심했고, 세도 정치*는 계속되었으며, 지방 관리들의 수탈*은 가혹해집니다. 재해와 전염병도 끊이질 않았어요. 백성들에겐 무척이나 힘겨운 상황이었습니다. 수많은 농민이 토지를 잃고 산속에 들어가 화전*을 일굽니다. 또 많은 이가 만

* **당쟁** 당파를 이루어 서로 싸우던 일.
* **세도 정치** 왕실의 친척이나 신하가 권력을 잡고 정치에 관여하는 것.
* **수탈** 강제로 빼앗음.
* **화전** 주로 산간 지대에서 풀과 나무를 불살라 버리고 그 자리를 파 일구어 농사를 짓는 밭.

주와 연해주를 떠돌거나, 광산 막노동으로 생계를 이어 가지요.

그러다 결국 지방 차별과 조정 부패에 저항하며 대규모 농민의 난이 일어납니다. 홍경래의 난(1811년)이었죠. 비록 실패로 돌아가긴 했지만, 백성들이 얼마나 살기 힘들었는지를 알 수 있습니다.

《전우치전》 곳곳에는 당시의 혼란스런 모습이 잘 나타납니다. 내용을 한번 떠올려 볼까요? 관리는 백성의 돼지머리를 빼앗으려 합니다. 원래 돼지머리는 값비싼 상품이 아닙니다. 그럼에도 그런 것까지 빼앗아 가는 관리를 보여 줌으로써 당시에 얼마나 수탈이 심했는지를 엿볼 수 있습니다.

또한 살인자는 권력자와 결탁해 아무런 잘못이 없는 이에게 죄를 뒤집어씌웁니다. 노인은 아들의 무죄를 알고 있지만, 해결할 방법이 없었지요. 그러니 그저 길가에 서서 울고 있을 수밖에요.

반면에 부유한 선비들은 화려한 잔치를 엽니다. 기녀들과 함께 즐거운 시간을 보내기 바쁘지요. 대다수의 백성들 입장에선 분에 넘치는 사치로 보였을 겁니다. 그렇기에 전우치는 이들의 오만함을 꾸짖고 도술로 희롱하지요.

사회 지도자들 역시 제 역할을 하지 못합니다. 본래 종교는 사회에 올바른 길을 제시하고 백성들에게 정신적 안정을 주어야 합니다. 하지만 승려는 죽은 친구의 부인을 겁탈할 정도로 타락했지요. 조정 관리들 역시 마찬가지입니다. 선배 선전관들은 과다한 허참례를 요구하며, 여자를 밝힙니다. 임금과 신하들도 참혹한 지경에 빠진 백성들에게 해결책을 제시하긴커녕, 전우치의 도술에 쩔쩔매는 무능함만을 보이지요.

● 전우치는 실존 인물일까?

그렇습니다. 정확하게 언제 태어나고 죽었는지는 모르지만, 전우치는 16세기 중종에서 명종 대에 개성(송도)에 살았던 것으로 알려져 있습니다. 그에 대한 기록을 《지봉유설》과 《대동기문》에서 살펴볼까요?

"환술*과 기예에 능하고 귀신을 잘 부렸다."

"밥을 내뿜어 흰나비를 만들고 하늘에서 천도*를 따 왔다."

"옥에 갇혀 죽은 후 친척들이 이장하려고 무덤을 파니 시체는 없고 빈 관만 남아 있었다."

한편 유몽인(1559~1623)이 쓴《어우야담》에는 보다 자세한 기록이 남아 있습니다.

전우치는 송도의 술사(術士)로 기억하지 못하는 책이 없었다. 가업을 일삼지* 않고 신수간에 미음껏 노닐며 둔갑술과 몰귀술*을 얻었다. …… 재령 군수였던 박광우*는 전우치와 아주 친하게 지냈다. 어느 날 박광우에게 편지와 공문이 전해졌다. 편지의 내용은 조정에서 전우치의 요술을 무척 시기하여 잡아 죽이려 한다는 것이었다. 전우치가 무슨 일인지 묻자, 박광우는 내용을 이야기하고 전우치에게 달아날 것을 청하였다. 전우치는 웃으며 "내 알아서 마땅히 처리하겠소."라고 한 후 그날 밤 목을 매어 자결했다. 박광우는 전우치의 장례를 후하게 치러 주었는데, 2년 후 전우치가 찾아와 자신의 지팡이를 찾아갔다. 지금도 재령군에는 전우치의 묘가 있다.

* **환술(幻術)** 남의 눈을 속이는 기술.
* **천도(天桃)** 하늘 나라에서 난다고 하는 복숭아.
* **일삼다** 일로 생각하고 하다.
* **몰귀술(沒鬼術)** 귀신이 되는 술법.
* **박광우**(1495~1545년) 1536년(중종 31)에 재령 군수가 되었다.

어떤가요? 무척이나 신비롭지요. 이런 전우치의 행적은 상상력을 자극하는 훌륭한 소재가 되었을 것입니다. 그렇기에 세월이 흘러 그는 민중을 돕는 소설 속 주인공으로 재탄생하게 된 것이지요.

● 작품에서 도술은 어떤 역할을 할까?

"전하, 창고 안의 쌀이 몽땅 사라지고 벌레만 남아 있습니다!"

"아룁니다! 무기들이 전부 나뭇가지로 변했습니다!"

궁녀들 역시 허둥지둥 달려와 말했다.

"전하! 저희들의 족두리가 모두 금색 까마귀로 변해 날아가 버렸습니다. 게다가 궁 안에 호랑이가 들어왔습니다!"

"뭐라고? 감히 궁궐 안에서까지 도술을 부리다니. 당장 전우치를 잡아들여라!"

· 63~64쪽 중에서

다들 한번쯤은 초능력에 대해 생각해 본 적 있을 겁니다. 하늘을 날고, 물체를 순간 이동시키고, 시공간을 초월해 다른 곳으로 갈 수 있는 능력들……. 아, 정말로 꿈만 같네요.

하지만 우리는 알고 있습니다. 현실에선 이런 초능력이 불가능하다는 것을요. 그렇기에 우리는 영화나 드라마, 게임 등을 통해 대리 만족을 느끼지요.

전우치는 다양한 도술을 펼칩니다. 구름에 올라 이리저리 다니고, 그림이나 병 속으로 들어가 버리며, 자기 분신을 만들어 냅니다. 또 모기나 독수리로 변신하고, 다른 사람도 변하게 만듭니다. 심지어는 번개를 내리쳐 상대를 굴복시킵니다. 이런 도술에는 황당무계한 부분이 많습니다.

하지만 소설의 쾌락적 기능, 즉 독자에게 호기심과 웃음을 준다는 점에서 그 의의를 찾을 수 있습니다. 전우치가 나타나 내 무명을 빼앗아 간 황두를 혼내 준다면 얼마나 통쾌할까요? 실제로 당시 사람들은 《전우치전》을 읽으며 커다란 대리 만족을 느꼈겠지요. 또한 고통스런 삶에서 문제를 해결해 줄 영웅의 출현을 기대하는 민중의 염원도 《전우치전》에 담겨 있답니다.

참고로 이 작품은 전우치의 도술담이 반복되는 구조인데요. 벌어지는 사건도 서로 연결되기보단 독립적이지요. 이렇게 같은 인물을 중심으로 여러 이야기들이 개별적으로 존재하는 구성을 '피카레스크식 구성'이라고 한답니다. 이런 구성은 당대 사회의 다양한 문제점과 전우치의 도술 능력을 효과적으로 보여 주지요.

한 걸 음 더 전우치가 살던 송도는 어떤 곳?

송도는 산수가 웅장하고 꾸불꾸불 돌아서 인재가 무리 지어 나왔다. 화담의 학문은 조선에서 첫째이고, 석봉의 필법*은 내외에 이름을 떨쳤으며, 근일에는 차씨의 부자 형제(차식·차천로·차운로를 의미함)가 또한 문장으로 명망이 있다. 황진이 또한 여자 중에 빼어났다.

– 허균의《성옹지소록》

송도는 고려 시대의 수도로 개성을 말합니다. 이곳에선 예로부터 많은 인재가 나왔는데요. 대표적으로는 전우치와 대결을 벌인 화담 서경덕(1489~1546)과 기녀 황진이, 붓글씨의 대가 한석봉(1543~1605)을 들 수 있습니다. (참고로 서경덕과 황진이, 그리고 박연 폭포를 가리켜 송도삼절(松都三絕), 곧 송도의 세 가지 빼어난 존재라고 한답니다.)

또한 이곳은 개성 상인으로도 유명한데요. 《조선왕조실록》에는 개성 사람들이 근면하며, 무역에 종사하는 이가 많다고 기록되어 있지요.

그런데 그 이유가 무엇일까요? 우선은 개성이 한양과 가깝고 서쪽으로 중국과 연결되기 때문이에요. 또한 개성에는 고려 출신의 사대부들이 많았는데, 이들은 조선 왕조로의 진출을 포기하고 상업에 종사했다고. 실학자 이익(1681~1763)이 《성호사설》에서 밝히고 있습니다. 전우치가 살던 이곳은 분명 시끌벅적하고 활기 넘쳤을 겁니다.

* **필법** 글씨나 문장을 쓰는 법.

고전으로 토론하기

● 전우치는 진정한 영웅일까?

생각 주제 열기

《홍길동전》, 《임경업전》, 《박씨전》, 《홍계월전》 – 이 작품들의 공통점은 무엇일까요? 바로 영웅 소설이란 것입니다.

사전에 영웅(英雄)은 '지혜와 재능이 뛰어나고 용맹하여 보통 사람이 하기 어려운 일을 해내는 사람'이라고 나옵니다. 전우치는 재주가 뛰어나고 평범한 사람은 도저히 할 수 없는 일을 해내지요. 그런데 궁금합니다. 전우치는 진정한 영웅일까요? 만약 그렇지 않다면 그 이유는 무엇일까요? 또한 이것이 우리에게 주는 가르침은 뭘까요?

이번 시간에 그 답을 생각해 보려 합니다. 친구들과 함께하는 이야기 마당으로 여러분을 초대합니다.

진정한 영웅이란 어떤 존재일까?

쌤 좋은 아침입니다. 여러분. 잠시 자기소개부터 할까요?

지윤 안녕하세요, 지윤이라고 합니다. 얼마 전에 《전우치전》을 참 재미있게 읽었거든요. 그래서 오늘 토론이 무척 기대됩니다.

쌤 그래요. 이 시간이 도움이 되었으면 하네요. 자, 다음은?

호영 안녕하세요. 호영입니다. 저도 작품 재미있게 읽었답니다.

쌤 반갑습니다. 이번 시간에는 '전우치는 진정한 영웅일까?'라는 주제로 함께 생각해 보고자 합니다. 간단해 보이지만, 여러 측면에서 생각해 볼 수 있는 문제이지요.

지윤 쌤, 그런데 질문이 있어요. 《전우치전》은 당연히 영웅 소설로 볼 수 있지 않나요? 전우치는 백성들을 돕고 못된 관리를 벌하잖아요. 게다가 뛰어난 능력도 가졌고요.

호영 저도 같은 생각이에요. 그리고 참고서에도 그렇게 나오던데요!

쌤 하하. 그래요. 하지만 참고서보다는 작품을 읽고 우리 스스로 생각해 보는 게 훨씬 더 중요하답니다. 자, 준비되었나요?

호영·지윤 네!

쌤 좋습니다. 그 전에 하나 묻지요. 혹시 '영웅' 하면 떠오르는 사람이 있나요?

호 영 음, 글쎄요. 아! 슈퍼맨이랑 배트맨? 스파이더맨도…….

지 윤 으이구, 못 말려.

쌤 하하. 영화 캐릭터 말고 실존 인물로요.

호 영 음, 그럼 이순신 장군?

지 윤 저는 안중근 의사요. 조국을 위해 목숨을 바쳤잖아요.

쌤 좋습니다. 먼저 호영이 말대로 우리는 이순신 장군을 영웅으로 칭하곤 합니다. 군사적 재능이 뛰어나고 전쟁에서 많은 공을 세웠으니까요. 하지만 단순히 '능력'과 '업적'만으로 어떤 사람이 영웅이냐 아니냐를 평가하진 않습니다. 예를 들어 어떤 사람이 호흡을 10분이나 참거나 혼자서 20인분의 짜장면을 먹을 수 있다고 칩시다. 그렇다 해도 우리가 그를 영웅이라 부르진 않지요. 영웅에겐 '태도', 즉 '삶의 자세'가 훨씬 더 중요하니까요.

호 영 '삶의 자세'라고요?

쌤 그래요. 영웅이 되기 위해선 어떤 삶의 자세를 지녀야 할까요?

지윤이가 한번 말해 볼래요?

지윤 음…… 아, 알겠어요! 나보다는 남을 먼저 생각하는 자세요. 뭐, 희생하는 마음이나 배려심, 이타심 같은 것들 아닌가요?

쌤 훌륭합니다. 아무리 탁월한 능력을 지녔다 해도 그것이 개인의 이익과 행복만을 위한 것이라면 영웅이란 칭호를 받을 수 없을 것입니다. 무릇 영웅이란 자기 자신보단 '집단의 이익과 행복'을 위해 위대한 일을 했을 때 인정받는 것입니다. 다시 말해 영웅이란 개인적 가치보다 집단적 가치를 실현한 인물로 볼 수 있지요.

호영 그렇군요.

쌤 이순신 장군이 영웅으로 인정받는 이유는 간단합니다. 자기 목숨이나 부귀영화보다 조국과 민족을 우선시했기 때문입니다. 같은 의미로 안중근이나 윤봉길 의사 역시 마찬가지겠지요.

지윤 아하, 동감합니다.

쌤 자, 진정한 영웅이란 무엇인지 알게 되었습니다. 이제 오늘의 주제에 대해 함께 생각해 보지요.

전우치는 진정한 영웅일까?

쌤 작품 초반에 전우치는 도술을 얻게 됩니다. 혹시 어떻게 얻었는지 기억나나요?

호영 여우한테서 얻지 않았나요? 그 구슬이랑 책이요.

지윤 맞아, 맞아. 호정이랑 천서라고 나오지.

쌤 그래요. 우치는 우연히 여우를 만나 도술을 얻게 되지요. 여기서 우리가 생각해 볼 게 있습니다. 그 전까지 전우치는 사회에 대한 문제의식이 없었습니다. 아무런 갈등도 어려움도 없었지요. 이 점을 《홍길동전》과 비교해 볼까요? 길동은 어려서부터 차별을 경험합니다. 아버지를 아버지라 부르지 못하고 형을 형이라 부르지 못하는 현실, 즉 적서 차별을 몸소 겸으며 고통스러워하지요. 그뿐만 아니라 심지어는 가족으로부터 살해 위협까지 겪습니다. 그는 세상의 기존 질서에 대한 문제의식을 갖게 됩니다. 그리고 집을 떠나지요.

지윤 정말로 그러네요.

쌤 또 다른 영웅 소설이라 할 수 있는 《홍계월전》 역시 마찬가지입니다. 당시에 여성은 관직에 나아갈 수 없었고, 남편에게 순종하며 살아야 했습니다. 계월은 그것에 대한 분명한 문제의식을 갖고 있습니다. 그렇기에 남자처럼 지내면서 능력을 발휘하고 기존의 권위에 맞서려 했지요.

호영 음, 전우치가 별 어려움 없이 자란 건 맞아요. 그래도 도술을 얻어서 가장 먼저 한 건 황금 들보를 빼앗아 백성들에게 나눠 준 것 아닌가요?

지윤 맞아, 맞아. 의적이잖아요.

쌤 잘 이야기했어요. 도술을 얻은 전우치는 백성들의 편에 서서 문제를 해결하려고 노력합니다. 살인 누명을 쓴 사람을 구해 주고, 돼지머리를 뺏으려 하는 관리를 혼내 주지요. 가난해서 부친의 장례를 치르지 못하는 사람도 돕고요. 그걸 부인하는 건 아닙니다. 다만 여기서 우리가 짚고 넘어갈 점이 있다는 것이죠.

호영 어떤 건가요?

쌤 예를 들어 보죠. 어떤 정치인이 자기 아들을 취업시키려고 합니다. 마침 괜찮은 공기업이 하나 있네요. 연봉이 높고 안정적이어서 지원 경쟁률도 무척 높습니다. 여러분도 열심히 준비해서 지원했지요. 그런데 결국은 정치인의 아들이 최종 합격합니다. 알고 보니 권력을 동원한 거예요. 자기 아들의 서류 심사를 통과시키고, 면접 점수도 가장 잘 주도록 말이에요. 그리고 여러분은 떨어졌습니다.

호영 흑흑.

지윤 야, 울고만 있을 게 아니지! 말이 안 되잖아. 가만히 있으면 안 되지요.

쌤 그래요. 가만히 있으면 안 되겠죠. 여기서 어떻게 대응하느냐는 무척 중요합니다. 그런데 전우치의 방식은 지극히 간단합니다. 떨어진 사람을 붙여 주는 거예요. 도술을 부려서 말이에요. 즉 전우치는 가난한 백성에게 돈 나오는 족자를 건네주고, 수탈하려는 관리가 있으면 혼내 줍니다. 사형 위기에 처한 이를 구할 땐 바람이 되어 형장에서 탈출시키지요.

호영 네, 맞아요.

쌤 하지만 전우치는 도술로써 사건 자체를 해결할 뿐이지, 사건이 생기게 된 사회적 조건은 문제 삼지 않아요. 전우치는 구름을 타고 사방으로 다니다가 '어라? 저런 일이!' 하고는 내려와서 선물을 나눠 주듯 문제를 해결해 줍니다. 그러고는 또다시 자기의 길을 갈 뿐이지요. 작품 어디에도 전우치가 그런 일이 생기게 된 근본적 이유를 고민하는 부분은 나와 있지 않아요. 단지 '일회적 문제 해결'의 연속일 뿐이라는 것이죠.

호영 음……

쌤 작품 중반으로 가면 문제는 보다 심각해집니다. 전우치는 뜬금없이 대궐에 가서 자수하고는 벼슬을 받습니다. 지난날의 잘못을

반성하고, 민중이 아닌 지배층에게 충성하며 살 것을 맹세하지요.

지윤 맞아요. 생각해 보니 좀 그렇네요.

쌤 그리고 관리가 된 전우치가 가장 먼저 한 일은 자기를 괴롭히는 선배들을 도술로 혼내 주는 겁니다. 그 이유가 뭐였지요?

호영 '허참례'라고 나왔던 거 같아요. 선배 관리가 후배 관리를 이유 없이 때리고 음식 대접을 강요했다고요.

쌤 맞아요. 하지만 전우치는 허참례라는 관행의 부당함을 문제 삼진 않습니다. 다만 도술로 상대방을 조롱하는 데 그칠 뿐이지요.

지윤 정말 그러네요. 잘못된 관습을 지적하거나 개선하려고 하진 않네요.

쌤 그리고 전우치가 도적을 토벌하는 부분 있지요? 여기서도 우리가 놓쳐서는 안 될 게 있습니다. 바로 이들이 도적이 된 배경인데요. 작품을 잠시 볼까요?

함경도 가달산에 엄준이란 자가 있었다. 용맹하고 무예가 뛰어났던 그는 수천 명을 모아 산채를 이루고 노략질을 일삼았다. 또한 관아에 쳐들어와 무기를 훔치고, 병사들을 공격했다.　　　　　• 75쪽 중에서

쌤 무리 지어 관아를 습격하면서 중앙 정부를 뒤집고 새로운 사회를 건설하겠다는 이들. 이 사람들은 왜 도적이 되었을까요? 이유

는 간단합니다. 먹고살 수 없었기 때문이지요. 홍경래의 난 같은 역사적 사건을 떠올려 봐도 그랬고요. 가족이 있고, 자기 집과 땅이 있는데 반란을 일으킬 백성은 없답니다.

호영 맞아요.

쌤 하지만 전우치는 이들을 토벌하면서 지배층을 대표하는 입장에 섭니다. 그 전까지 백성을 돕는 입장이었다면, 여기서는 기존의 지배 질서를 옹호하는 데 적극적으로 나서지요. 도리어 반민중적인 모습을 보이는 겁니다.

지윤 음, 일종의 자기모순이네요.

쌤 그래요. 그 표현이 적절하네요. 게다가 전우치가 벼슬을 그만둔 후에도 문제입니다. 혹시 오생이란 사람에게 족자를 판 것 기억나나요?

호영 아, 맞아요! 선녀가 나와서 술 따라 주는 그림이지요? 그런데 오생의 아내가 아깝게도 찢어 버렸어요.

쌤 오생의 아내로서는 당연한 행동이지요. 어느 아내가 남편이 한밤중에 다른 여자와 있는 것을 보고 가만있겠어요? 그런데 전우치는 오생의 아내를 구렁이로 만들어 버립니다. 그러고는 남편을 업신여기고 질투한 것을 꾸짖지요. 어떻게 생각하나요?

지윤 좀 어이가 없는 것 같아요. 그런 상황을 만든 것도 어찌 보면 그림을 준 전우치 자신이잖아요.

호영 맞아, 맞아.

쌤 게다가 상사병에 걸린 친구를 돕겠다는 명목으로 전우치는 어떤 일을 했나요? 도술과 술로 여인의 의식을 잃게 한 다음 몰래 데려오려 했지요. 이것은 매우 그릇된 행동입니다. 게다가 그렇게 하면서도 자기 잘못조차 깨닫지 못하지요.

지윤 아, 정말 문제네요.

쌤 이후에 강림 도령이 전우치를 벌하고, 화담과의 대결에서 전우치는 패합니다. 어찌 보면 다행입니다. 계속 나아갔다면 더 큰일이 벌어졌을지 모르니까요.

진정한 영웅이 되기 위해 필요한 건 무엇일까?

쌤 지금까지 전우치의 행적에 대해 살펴봤습니다. 어떤가요?

호영 음, 조금 생각이 바뀌었어요. 이 작품을 영웅 소설로 보긴 어렵다는 생각이 드네요.

지윤 저도요. 전우치에게 뭔가 좀 부족하다는 생각도 들어요.

쌤 잘 지적했습니다. 그렇다면 전우치가 진정한 영웅이 되기 위해 필요했던 건 무엇일까요? 한번 얘기해 볼래요?

호영 뭐랄까…… 조금 더 진지하게 행동하는 모습? 신중함? 아, 아닌데……. 뭔가 머릿속에 떠오르긴 하는데 표현하려니 정말 어렵네요.

지윤 음…… 전우치는 '재주'는 있지만, '의식'이 부족했던 것 같아요. 잘못된 사회 질서에 대한 '문제의식'이요.

호영 맞아, 맞아! 바로 내가 하려던 말이야.

쌤 훌륭합니다. 앞서 진정한 영웅이란 개인적 가치보다 집단적 가치를 실현하는 인물이라고 말했습니다. 하지만 전우치의 경우는 달랐어요. 작품 어디에도 백성들의 문제를 자기 문제로 고민한 흔적은 보이지 않지요. 도술로 사건을 해결할 때에도 문제 자체만 바라볼 뿐, 그 일이 벌어진 사회적 원인을 찾고 이를 근본적으로 개선하려는 의식은 없었어요. 단지 장난스럽게 도술을 활용할 뿐이었습니다.

지윤 맞아요. 게다가 그 장난도 점점 더 심해져서 나중에는 정당성을 잃고 벌을 받지요.

쌤 그렇습니다. 앞서 면접 이야기를 예로 들었지요. 만약 실제로 그런 일이 있다면 어떻게 해야 할까요? 우리는 부당한 압력을 행사한 권력자를 처벌하고, 피해 입은 수험생을 구제해야겠지요. 또한 그런 사례가 더 없는지 확인하고, 앞으로 채용 절차에 공정함이유지될 수 있도록 제도를 보완해야 할 것입니다. 이렇듯이 사태를 근본적으로 해결하기 위해서는 문제의식을 갖는 게 중요합니다. 전우치 방식으로 피해 입은 수험생만 도술로 구제하기보단요.

호영 이야. 듣고 보니 정말로 문제의식이 중요하네요.

지윤 그러게요. 근본적 해결을 위해선 재능보다도 문제의식이 필수인 것 같아요.

쌤 그래요. 우리가 고전을 읽는 이유는 '생각거리'를 찾기 위해서입니다. 즉 본받을 점은 따르고, 아쉬운 점은 비판하기 위해서이지요. 그런 의미에서 《전우치전》은 우리에게 풍부한 생각거리를 주어요. 앞으로 여러분도 문제의식을 갖고 살아가길 바랄게요. 좀 더 깊이 고민해 보고, 왜 그런지 이유를 상세히 따지면서요. 이만 마치겠습니다.

지윤·호영 감사합니다!

3교시 고전과 함께 읽기

여기서는 《전우치전》과 관련해 함께 보면 좋은 책이나 영화 등을 소개합니다. 다양한 작품을 통해 이해의 폭을 넓히고 재미를 느껴 보길 바랍니다.

고전 《최고운전》 비범하지만 불운한 삶을 살다 가다

둥글고 둥근 함 속의 물건은 / 반은 희고 반은 노란데 / 밤마다 때를 알아 울려 하지만 / 뜻만 머금을 뿐 토하지 못하도다

《최고운전》의 주인공은 태어나자마자 버림받습니다. 인간이 아닌 금돼지의 자식으로 오해받았기 때문이지요. 그러나 하늘의 도

움으로 아이는 무사히 자랄 수 있었습니다. 문장에 천부적인 재능을 지닌 아이는 자신의 이름을 최고운이라 스스로 짓습니다.

세월이 흘러 중국 황제가 신라를 위협합니다. 돌로 만든 상자를 보낸 뒤, 안에 든 물건을 맞히지 못하면 침략하겠다고 말이지요. 하지만 최고운은 돌함 속에 든 것을 금세 알아맞힙니다. '반은 희고 반은 노란데, 울고 싶어도 울지 못하는 것' – 알에서 막 깨어난 병아리였지요.

깜짝 놀란 황제는 능력을 시험하고자 고운을 중국으로 초빙합니다. 고운은 뛰어난 능력으로 위기를 모면하고 도리어 황제를 조롱하지요.

"작은 나라의 문에서도 내 모자가 걸리지 않았습니다. 하물며 대국(大國)의 문에 제 모자가 걸리다니요?"*

---

* 최고운이 신라 왕에게 오십 척 모자를 달라고 하여 쓰고 중국에 갔는데, 모자가 문을 통과하지 못하자 비웃으며 한 말이다.

▲ 최치원

이 작품은 신라 말기의 학자 최치원 (857~?)을 모델로 합니다. 실제로 그의 삶은 어땠을까요? 어린 시절에 당나라로 건너간 최치원은 외국인이 보는 과거 시험인 빈공과에 합격한 뒤, '토황소격문'*을 지어 문장가로 이름을 떨칩니다. 나이가 들어서는 신라로 돌아와 '시무십여조'*를 짓고 정치 개혁을 추진했지요. 하지만 6두품*이라는 신분적 한계 때문에 중용*되지 못하고, 변방을 나돌 수밖에 없었습니다. 뛰어난 재능을 지녔지만, 이를 제대로 펼치지 못한 현실이 안타깝지요.

《전우치전》과 《최고운전》의 주인공 모두 실존 인물이자 뛰어난 재능을 지녔습니다. 하지만 그 재능을 활용하는 방식에는 차이가 있는데요. 전우치가 관리를 벌하고 민중의 억울함을 도왔다면, 최

* **토황소격문** 황소의 난 때 황소에게 항복을 권하기 위해 지은 글.
* **시무십여조** 최치원이 진성 여왕에게 건의한 정책.
* **6두품** 신라의 신분제인 골품제의 등급. 왕족 다음가는 신분이나, 능력이 뛰어나도 출세에 한계가 있음.
* **중용** 중요한 자리에 임용함.

고운은 중국에 맞서 우리 민족의 우월성을 드러내고 긍지를 드높였지요.

두 작품엔 허구적 요소가 다수 들어 있는데요. 특히나 《최고운전》에서 어린 시절에 부모로부터 버림받았다거나, 도술로 황제의 속임수를 깨뜨렸다는 점 등은 역사적 사실과 다르답니다.

> 최치원은 문학적 재능이 뛰어났고, 전우치는 도술이 뛰어났습니다. 하지만 둘 다 당시의 지배층으로부터 배척당합니다. 시대를 잘못 만나 자기 능력을 발휘하지 못한 셈이지요. 이렇듯 '비범하지만 불운한 삶'을 살다간 인물은 세상의 관심을 끕니다. 어쩌면 이들이 소설의 모티프*가 된 깃도 그 때문이 아닐까 하네요.

영화 〈**전우치**〉 고전은 지금도 새롭게 만들어진다

"도사란 무엇이냐? 바람을 다스리고, 마른하늘에 비를 내리게 하며, 땅을 접어 다니며, 검을 바람처럼 휘둘러 천하를 가르고 꽃처럼 다루지. 인생은 어차피 한바탕 꿈, 이렇게 말하는 내가 바로 도사 전우치다."

* **모티프** 예술에서, 작품을 만들고 표현하는 데 동기가 된 작가의 중심 사상.

전우치의 도술은 지금 보아도 흥미롭지요. 영화계에서도 이 점을 놓치지 않았습니다. 2009년에 개봉한 영화 〈전우치〉는 《전우치전》을 바탕으로 합니다. 전우치가 만파식적*을 얻으려는 요괴와 대결한다는 내용을 담고 있지요. 당시에 관객 수 600만 명을 돌파하며 큰 인기를 끌었답니다.

영화는 고전을 바탕으로 하지만 완전히 새로운 이야기를 만들어 냈는데요. 주인공은 천방지축의 악동 도사로 등장합니다. 익살스럽고 능청스러운 성격으로 온갖 실수를 벌이며 인간적인 매력을 드러내지요.

또한 영화에는 '초랭이'나 '서인경' 같은 새로운 인물도 등장합니다. 초랭이는 전우치를 돕는 조력자 역할을 하고, 서인경은 전우치의 연인이 되지요. 또한 화담은 주인공과 대결하며 긴장 구도를 이끄는 악인으로 나옵니다. 그는 원작에서 이름만 빌려 왔을 뿐 영화에서 새롭게 재창조된 인물이지요.

둘은 시대적 배경에도 차이가 있습니다. 영화는 조선과 현대를

---

* **만파식적** 신라 때의 전설 속 피리.

배경으로 하며, 과거의 일이 현대로 자연스럽게 옮겨 갑니다. 이는 '전우치라는 인물이 이 시대에 산다면 어떤 일이 벌어질까?'라는 호기심을 자아내지요.

이처럼 영화는 고전을 바탕으로 하지만 많은 차이를 보입니다. 이른바 '창조적 변용'이라고 할 수 있는데요. 고전을 현대에 맞게 새로운 콘텐츠로 만드는 것은 '만남의 장(場)'을 제공하는 것과도 같습니다. 이를 통해 우리는 옛사람들의 삶을 쉽고 재미있게 접할 수 있으니까요.

'OSMU', 즉 '원 소스 멀티 유즈(One Source Multi Use)'는 하나의 자원을 바탕으로 다양한 사용처를 개발하는 것을 뜻합니다. 고전이 여러 장르로 파급되는 것을 예로 들 수 있지요. 《춘향전》을 떠올려 볼까요? 처음엔 판소리로 나왔지만, 지금은 영화를 비롯해 드라마, 뮤지컬, 애니메이션, 축제 등 여러 분야에 활용된답니다. 고전은 다양한 이야깃거리를 만들어 내지요. 여러분도 고전의 창조적 변용에 관심을 가졌으면 하네요.

소설 《서유기》 내가 바로 동양 판타지 소설의 원조야!

어느 날 바윗돌이 쪼개지고 갈라지면서 둥근 공처럼 생긴 돌 알을 한 개 낳았다. 바위에서 튀어나온 돌 알은 바람을 쐬더니 돌 원숭이로 변했는데, 두 눈, 두 귀와 입, 코의 오관*을 다 갖추었을 뿐만 아니라 팔다리까지 멀쩡하게 생겨 그 자리에서 기어 다니고 걸어 다닐 줄 알고, 사방을 두루 돌아보며 절을 하는데 두 눈망울에선 금빛 광채가 쏟아져 나와 하늘나라에까지 뻗쳐올랐다.

'자불어괴력난신(子不語怪力亂神)'이란 말이 있습니다. '공자는 괴이한 능력과 어지러운 귀신 이야기는 하지 않는다.'라는 뜻인데요. 옛날에는 허무맹랑한 이야기는 입에 올릴 가치조차 없다고 생각했던 것이죠. 하지만 이런 가르침에 맞선 소설이 있습니다. 문학이란 사실 기록 중심이고, 교훈적 주제를 담아야 한다는 논리에 정면으로 도전한 것입니다.

《서유기》는 명나라의 오승은(1500~1582)이 지은 것으로 알려져 있습니다. 작가는 상상력을 통해 우리가 살고 있는 현실과는 완전히 다른 세계를 창조하는데요. 그 결과는 어떨까요? 《서유기》는 명나라 때 나온 네 권의 걸작 소설인 사대기서(四大奇書) 중 하나로 꼽

---

* **오관** 다섯 가지 감각 기관. 눈, 귀, 코, 혀, 피부를 이른다.

힙니다. (참고로 다른 작품은 《삼국지연의》, 《수호지》, 《금병매》입니다.) 또한 당대 최고의 베스트셀러가 되었지요.

《서유기》의 등장인물인 손오공과 저팔계, 사오정은 우리에게 친숙한 캐릭터입니다. 특히나 주인공 손오공은 아주 유명한데요. 10만 8천 리를 단숨에 날아가는 근두운과 자유자재로 늘어났다 줄어들었다 하는 여의봉을 가진 그는 도술의 달인이지요. 하늘 나라에서 소동을 벌인 죄로 500년 동안 돌 속에 갇혀 있었는데, 삼장법사가 지나가는 길에 구해 줍니다. 그리고 맛있는 음식과 여자라면 정신을 못 차리는 저팔계, 하천의 요괴 사오정도 동료로 함께하지요.

사부님께선 걸음마다 어려움이 있고, 곳곳에서 재난을 만나시니

삼장 법사는 불경을 얻기 위해 세 제자와 천축*으로 향합니다. 그리고 그 과정에서 팔십일난(八十一難), 즉 '81가지 어려운 시험'에 맞닥뜨리지요. 금각·은각 요괴를 표주박 속으로 빨아들이고, 파초선이라는 부채를 빼앗아서 화염산의 불을 끄는 등 일행은 수많은 사건을 겪습니다. 그 과정에서 때로는 서로 다투고 갈등하지만, 문제를 하나씩 해결하며 점점 성숙해 가지요. 이는 깨달음을 얻고 참된 나를 찾아가는 여정이라고 볼 수 있답니다.

천신만고 끝에 이들은 목적지인 천축에 도착해 귀중한 불교 경전을 손에 넣고, 고국으로 돌아갑니다. 그리고 다들 중요한 자리에 오르는 것으로 작품은 끝나지요.

《서유기》는 환상적인 서사 문학의 정수*로 평가받습니다. 수많은 상상력이 이 작품에서 갈려 나왔으며, 《전우치전》 역시 마찬가지이지요. 《전우치전》을 재미있게 읽었다면 동양 판타지 소설의 원조 격인 이 작품도 권하고 싶네요.

> 《서유기》의 삼장 법사는 당나라의 현장(602~664) 스님을 모델로 합니다. 그는 목숨을 걸고 사막을 건너 천축에 도달합니다. 그곳에 불법(佛法)을

* **천축** 인도의 옛 이름.
* **정수** 사물의 중심이 되는 요점.

전하고, 돌아와서는 여행 견문기인 《대당서
역기》를 남겼지요. 어쩌면 그런 숭고한 노력
이 있었기에 이런 훌륭한 작품이 나올 수 있
지 않았을까 싶어요.

물음표로 따라가는 인문고전 16

전우치전 힘이 있으면 영웅인가?

ⓒ 박진형 정은희, 2019

1판 1쇄 발행일 2019년 8월 20일 | **1판 2쇄 발행일** 2024년 4월 15일

글 박진형 | **그림** 정은희
펴낸이 권준구 | **펴낸곳** (주)지학사
본부장 황홍규 | **편집장** 김지영 | **편집** 박보영 이지연 | **디자인** 디자인앨리스 이혜리
마케팅 송성만 손정빈 윤술옥 | **제작** 김현정 이진형 강석준 오지형
등록 2010년 1월 29일(제313-2010-24호) | **주소** 서울시 마포구 신촌로6길 5
전화 02.330.5263 | **팩스** 02.3141.4488 | **이메일** arbolbooks@naver.com
ISBN 979-11-6204-065-2 44810
ISBN 979-11-85786-85-8 44810 (세트)
잘못된 책은 구입하신 곳에서 바꿔 드립니다.

 제조국 대한민국 사용연령 10세 이상
KC마크는 이 제품이 공통안전기준에 적합하였음을 의미합니다.

 지학사아르볼 아르볼은 '나무'를 뜻하는 스페인어. 어린이들의 마음에
담긴 씨앗을 알찬 열매로 맺게 하는 나무가 되겠습니다.
홈페이지 www.jihak.co.kr/arb/book | **포스트** post.naver.com/arbolbooks